行歌三叠

王晋康 / 著

文化艺术出版社
Culture and Art Publishing House

图书在版编目（CIP）数据

行歌三叠 / 王晋康著. -- 北京：文化艺术出版社，
2025. 7. -- ISBN 978-7-5039-7888-3

Ⅰ . I247.5

中国国家版本馆CIP数据核字第2025ST9863号

行歌三叠

著　　者	王晋康
策划编辑	刘锐桢
责任编辑	刘锐桢
责任校对	董　斌
书籍设计	李　响　马夕雯
出版发行	文化艺术出版社
地　　址	北京市东城区东四八条52号（100700）
网　　址	www.caaph.com
电子邮箱	s@caaph.com
电　　话	（010）84057666（总编室）　84057667（办公室） 　　　　　84057696—84057699（发行部）
传　　真	（010）84057660（总编室）　84057670（办公室） 　　　　　84057690（发行部）
经　　销	新华书店
印　　刷	国英印务有限公司
版　　次	2025年7月第1版
印　　次	2025年7月第1次印刷
开　　本	889毫米×1194毫米　1/32
印　　张	6.75
字　　数	150千字
书　　号	ISBN 978-7-5039-7888-3
定　　价	48.00元

人生蹉跎，且行且歌。

行无路之路，歌苦中之乐。

皆从来处来，都向去处去。

一花一世界，一叶一菩提。

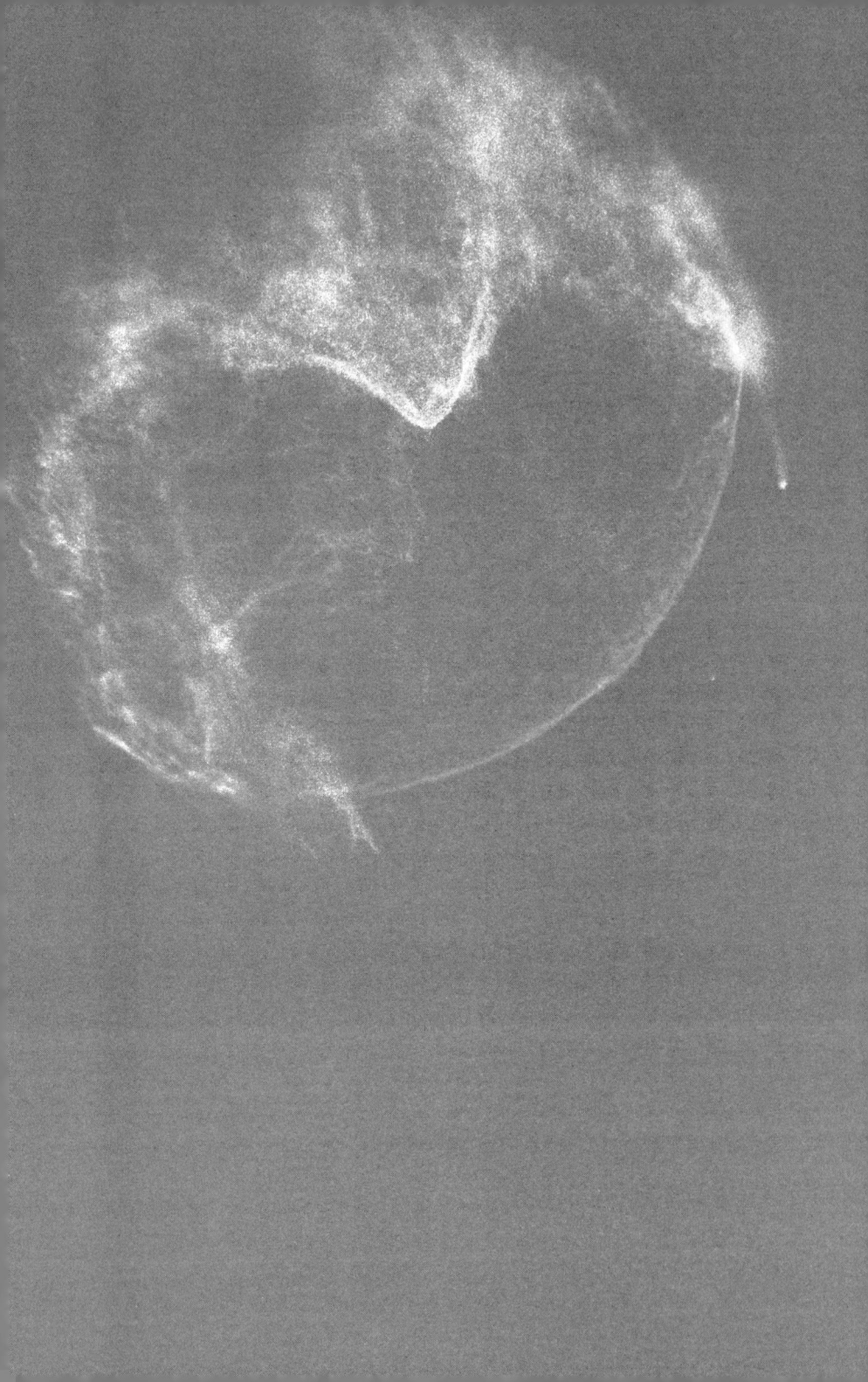

目录

正篇

人

我

　　我的一生，作为女人的一生，实际是从 30 岁那年开始的，又在 31 年后结束。世纪之交的一个明媚春日，一个年轻男人突然闯入我独居的院落，改变了我的生活。一年后他同样突然离去，只留下你来陪伴我；又 30 年后的一个萧瑟秋日，是你因车祸不幸离世的日子，白发人送黑发人，这是我早就预感的结局。

　　此后，我只靠咀嚼往日的记忆打发岁月。咀嚼你的一生，你父亲的一生，我的一生。

　　还有我们的一生。

　　那时我住在南都市郊的一个独立院落。院子很大，在房地产业无情吞噬大自然的这个时代，我的爷爷奶奶能为我留下这么一个堪称"辽阔"的独院，简直是一个奇迹，是时代无意留下的一处孑遗。院落西边有一棵巨大的弯腰枣树，遮蔽了西天的晚霞，也遮蔽了半个院子，树上鸟啭蝉鸣，树荫下的青草深可及膝。院墙上爬满了爬墙虎，硕大的葡萄架撑起东院的荫凉，向阳处是一个小小的花圃，白色的伢狗灵灵在花丛中追逐蝴蝶。青瓦房上长满了肥大的瓦棕，屋檐下的石板被滴水敲出了凹坑。阳光和月光在葡萄叶面上你来我往地交接，汇成时光的流淌。

　　爷奶还为我留下一笔数目不小的存款，其利息足够维持我简朴自由的生活。父亲是铁路建设的工程师，母亲是同一单位的会计，工作要求他们四海为家，所以我一直跟爷奶在家乡相依为命。大学毕业后回到家乡，仍与爷奶住在一起。送二老归天后，我就独自守着这个大院子。一个30岁的老姑娘，坚持独身主义，喜欢安静和平淡。从不触及口红和高跟鞋，偶尔逛逛时装店。爱看书、上网、听音乐。最喜欢看那些睿智尖锐的文章，体味锋利得令人痛楚的真理，透过时空与哲人们密语，梳理古往今来的岁月。兴致来时写几篇老气横秋的科幻小说，挣几两散碎银子——我的笔名是"菩提禅师"，足见我老了，颇有一些读者以为我是男的，白须飘飘，甚至穿一身青色的道袍。

与我相依为伴的只有灵灵。它可不是什么血统高贵的名犬，而是一只身世可怜的柴狗。一个大雪天，我听见院门外有哀哀的狗叫，打开门，见一只年迈衰弱的母狗叼着一只狗崽，母狗企盼地看着我，那两道目光啊……我几乎忍不住流泪，赶忙把母子俩收留下来，给它们铺了个窝。冰天雪地，这只狗妈妈在哪儿完成的分娩？到哪儿找食物？一窝生了几个？其他几只是否已经死了？还有，在它实在走投无路时，怎么知道这个门后的"两腿生物"是可以依赖的？我心疼地推想着，但没有答案。

狗妈妈不久就死了，留下灵灵。我在它身上倾注了全部的母爱，给它洗澡，喂它喝牛奶，建了一座漂亮的尖顶狗舍，专用的床褥和浴巾常换常洗，甚至配了一大堆玩具。爷爷奶奶不满地咕哝着"猫狗都得贱养"，但也由着我折腾。

爷爷奶奶不久相继过世，父母回来奔丧。他们看到我对灵灵的宠溺，连连摇头。不过他们绝非讨厌灵灵——他们回家那天，灵灵先是职业性地吠叫几声，但闻闻味道后就立刻扑上去，蹿上蹿下地亲热，而且亲热得简直放肆，非要亲到两人的面颊才肯罢休，弄得妈妈相当狼狈，也很感动，说："头次见面就这么亲热，正应了一句老话：亲劲儿赶着哩。它一定是闻到我俩的体味和你相近，知道咱们有血缘。"所以，父母并非反对我宠溺灵灵，而是希望我宠溺的对象中还包括至少一个人类幼崽。丧礼过后，父母离开前与我有过一次认真的谈话。父亲直截了当地说：

"陈影，灵灵确实可爱，但你不能拿宠物代替儿女。"我笑笑，没有接话。"你已经小 30 啦，让你的独身主义见鬼去。我最看不上这类浅薄的潮流，不管它们被包装得多时髦，其本质都是反自然的。"

我笑着反驳："老爸吧，自然主义就绝对完美吗？如果彻底回归自然，咱们还得身上长毛，回到树上生活；或者群婚，过母系氏族社会的生活，杀俘虏、吃人肉。其实我的独身主义才是顺应自然呢，因为大自然有一条铁律：憎恶清一色。你说哪个物种能在地球上占绝对优势？一个也没有，除了过度繁衍的人类。所以嘛，我的独身主义只是对它的小小校正。"

爸爸被我的诡辩一下子噎住了——因为它不完全是诡辩，确实有某种合理性，当然只是单向度的合理性——有点想发火，妈妈赶紧打岔："老陈你别和影儿掰扯这些虚的，你搞机械的哪能说过写科幻的？我说过的，写科幻的人都怪头日脑，算不上正常人。"她回头看着我，"可是影儿，难道你真能清心寡欲，不盼着身边有一个肩膀宽厚的男人，累了可以靠一靠？你不想有一个可爱的小不点儿躺在怀里吧唧吧唧吃奶？还有，你非要剥夺我俩抱外孙的乐趣？摸摸心窝儿再回答我。"

我也被妈妈噎住了——尽管我在显意识上坚定地秉持独身主义，但上述场景也常出现在潜意识的梦境里，悄悄冲击着我的"坚定"。我只好把话头扯开："你俩天南地北地跑，女儿都没咋管过，还有时间抱外孙？我选择独身，实际是提前为你们排忧解难。"

"这个容易，我眼看就退休了，你爸的退休也晚不了几年。你赶紧恋爱结婚，等你生儿育女时我肯定在你身边，不行我还能办提前退休。"妈妈转头对爸爸说，"老陈你不用太担心，依当妈的感觉，她的独身主义是假的，啥时候遇见个好男人就自动瓦解了。你看她在灵灵身上母爱那个泛滥！她能一辈子不想要孩子？老天保佑，让她赶紧碰上个好男人，让咱们早点抱上小外孙。"

父母离开了，带着担心和希望。

妈妈的祷告肯定被"老天"听见了，不久，灵灵的身边就多了你的身影。一个蹒跚的小不点儿，先变成一个精力过剩的聪慧小男孩，然后变成刚强的大男孩，再变成奋争好胜的男人，离家，死亡。

岁月就这样江水一般涌流，无始也无终。没有什么力量能使它驻足或改道。河流裹挟着亿万生灵一同前行，包括你，我，他，人类群体，很可能还有"大妈妈"，一种另类的生灵。

30岁那年春天，春节爆竹的硝烟刚散去，一个不速之客突然出现在我家院子里，是真正意义上的不速之客。晚上我照例上网，不是进聊天室，我认为那是少男少女们喜爱的消遣，而我，从心理上说，已经是千年老树精了。我爱浏览一些锋利的网上文章，即使它们有异端邪说之嫌。这天我看了一篇帖子，是对医学的反思，署名"镇元子"（也够老了，与我的"菩提禅师"有得一比）。文章说，他以下的话基本是在宣扬美国科普科幻名家阿西莫夫早在20世纪50年代就提出的观点：几千年的医学进步助人类无比强盛，谁不承认这一点就是瞎子或疯子，但人们也忽略了最为显而易见的事实：

……动物。所有动物社会中基本没有医学，只有个别动物能用植物或矿物治病，但它们都健康强壮地繁衍至今。有人说这没有可比性，人类处于进化最高端，越是精巧的身体越易受病原体的攻击；何况人类是密集居住，这大大降低了疫病暴发的阈值。这两点加起来就使医学成为必需。不过，自然界有强有力的反证：非洲的角马、瞪羚、水牛、鬣狗和黑猩猩，北美的驯鹿，南美的群居蝙蝠，澳洲的野狗，各大洋中的海豚，等等。它们和人类一样属于哺乳动物，而且都是密集群居。这些兽群中并非没有疫病，比如澳洲野狗和非洲水牛群中就有可怕的狂犬病、牛瘟病，也有大量的个体死亡。但死亡之筛逼令动物种群迅速进行基因调整，提升了种群的抵抗力。最终，无医无药的它们战胜了疫病，生气勃勃地繁衍至今——还要繁衍到千秋万代呢，只要没有人类的戕害。

文章奚落道：

这么一想真让人类丧气。想想人类一万年来在医学上投入了多少智力和物力！想想我们对灿烂的医学明珠是多么自豪！但结果呢，如果不说个体寿命，仅就种群的繁衍和强壮而言，人类只是和傻傻的动物们跑了个并肩。大家说说，能否得出这样一个结论——医学能大大改善人类个体的生存质量，但对种群而言并无益处？！

——反倒还有害处呢。医学救助了病人，使许多遗传病患者也能生育后代，终老天年，也就使不良基因逃过了进化之筛并以可怕的速度累积；药物尤其是抗生素的滥用，又使人类免疫系统日渐衰弱。总的说来，医学干扰了人类种群的自然进化，为将来埋下嘀嗒作响的定时炸弹。所以，在上帝的课堂上，人类一定是个劣等生，因为那位老考官关注的恰恰是种群的强壮，不大关心个体寿命的长短。

这些见解真真算得上异端邪说了，不过它确实锋利，让我身上起了寒栗。文章的结尾说：

这么说，人类从神农氏尝药草时就选了一条错路？！——非常可惜，即使我们承认这个观点的正确，文明之河也不会改变流向。医学会照旧发展；药物广告继续充斥电视节目；你不会在孩子高烧时不找医生，我也不会扔掉口袋里的硝酸甘油；医疗费用照样会成为压在低收入群体背上的大山。原因无他：基因的本性是自私的，对每个人而言，个体和亲人的生存比起种群的延续来说，分量更重。而对个体的救助必然干扰种群的进化，这是无法避免的，是一个两难选择。人类还将沿着上帝划定之路埋头前行，哪管什么嘀嗒作响的声音。

我把这个帖子看了两篇，摇摇头——我佩服作者思想之犀利，他的论述确实有某种内在的力量，某种单向度的合理性，但充其量是一篇玄谈。不过我仍把它下载，归档，以便万一哪篇小说用得上。

灵灵已经在腿边蹭了很久，它对每晚的洗澡习惯了，在催促我呢。我关了电脑，带灵灵洗澡。刚把它放入水盆，有人敲院门，是熟悉的快递员小李，他说："包裹比较重，我直接给你送屋里。是不是又出了新书？稿费到手别忘了请客啊。嗨，又在给你儿子洗澡，灵灵有了你这个妈，算是掉福窝里了。"我笑着听他打趣。

送走快递员后我迫不及待地打开包裹，欣赏我的新作。书名是《我的爱跨越时空》，封面上是一台外貌奇特的龟壳形机器。我拿出一本斜靠在椅背上，蹲下身，一边欣赏书的封面设计，一边给灵灵洗澡兼聊天。这些年的独居生活中，我已经习惯和灵灵分享我的所有苦乐：

"灵灵，妈妈有了稿酬，够给你买几年狗粮了。看看封面上这台机器，知道它是啥不？是时间机器，用我的叫法，是'量子态时空隧道穿越机'，人只有转变成量子态才能自由穿越时空，所以嘛，过去电影中的时间机器都是扯淡，只有这种时间机器才是真正可行的。记住啊，这个好玩的梗可是我的首创。"

灵灵是个热心的听众，尽管听不懂，也照旧用热情的吠声来回应。

给它洗完澡，用大毛巾擦干，再用吹风机吹干，然后把它放出浴室。灵灵惬意地抖抖皮毛，信步走出屋门，到院中遛弯，这是它睡前的习惯。我自己开始洗澡。

莲蓬头下，摸着自己丰满的胸膛，我油然回想起妈妈的话——"摸摸心窝再回答我，你是不是真能坚持独身主义。"我真能坚持吗？应该能吧，但那天妈说的场景，甚至一些激情的男女绮梦，也确实在我梦中不时出现。那么，哪个是真我、本我？……遐思中我听到灵灵在门口狂吠，不像是它平素遇见陌生人的温和吠声，而是浸透了惊慌甚至恐惧。我喊："灵灵！灵灵！你怎么啦？"灵灵仍狂吠不已。我赶忙草草擦了头发，穿上浴衣，出屋门，拉开院中的电灯。灵灵正在对着葡萄架下吠叫，吠叫的目标是一个混沌的光团，空气似乎在那儿变得黏稠浑浊。浑浊的边缘部分逐渐清晰，凸显出中央一团无定形的东西。那团东西越来越清晰，越来越实体化，然后在两双眼睛的惊视中变成一个男人。

一个浑身赤裸的男人，准确说是大男孩，大约20岁。他身体蜷曲着，犹如胎儿在子宫。他的身体实体化的过程也是他的意识逐渐醒来的过程。他抬起头，慢慢睁开眼，目光迷蒙，在葡萄架下的晦暗中，他的眸子晶亮如水晶。

老实说，从看到这双目光的第一刻起我就被征服了，血液中激起如潮的母性。我想起，灵灵的狗妈妈在大雪天叫开我家院门时，就是这样迷蒙无助的目光。我会像保护灵灵一样保护这个从异相世界来的大男孩——他无疑是乘时间机器跨越时空而来，作为科幻作家，我对这一点有足够的心理准备。

他站起身。一具异常健美的身躯，是古希腊的"掷铁饼者"被吹入了生命。身高一米八九，肌肉突起，筋腱清晰，皮肤白皙润泽，剑眉星目，王孙般高贵，自带气场和辉光。他没有说话，没有打招呼的意思，也不因自己的裸体而窘迫，只是面无表情地站着，目光中的迷蒙已经完全抹去，换作冷淡孤傲。他看到我走近，与我有一个短暂的对视，我敏锐地发觉，他的冷傲目光有刹那间的温和，不过很快恢复如初。刚才狂吠的灵灵立时变了态度，欢天喜地地扑上去，闻来闻去，一蹿一蹦地撒欢儿。灵灵在我的过度宠爱下早把野性全磨没了，从不会与陌生人为敌，在它心目中，只要长着两条腿、有人味的都是主人，都应该眷恋和亲近。灵灵的态度加深了我对来客的好感，至少，被灵灵的狗鼻子认可的这位不会是生化机器人或外星恶魔吧。

我发现自己匆忙中没有裹好浴衣，酥胸半露，便赶忙裹好，笑着说："哟，你这么赤身裸体可不符合做客的礼节，不过我知道时间旅行都是这么个路数，不会骂你耍流氓。你从哪来呀，过去还是未来？我猜一准是未来。"

来人只是简单地点点头，然后不等邀请就径直往屋里走，吩咐一声："给我找一身衣服。"

我和灵灵跟在他后边进屋，先请他在客厅的沙发上坐下，我在大衣柜里找爸爸的衣服，心想这位客人可真是不见外啊，吩咐女主人找衣服都不带一个"请"字。我找来爸爸的一身保暖衣给他，说："你穿这套衣服肯定太小，先将就穿吧，明天我到商店给你买合体的。"来人穿好，衣服紧绷绷的，手臂和小腿都露出一截，显得很可笑。我笑着重复：

"先将就穿吧，明天买新的。你饿不饿？给你做晚饭吧。"

他仍然只点点头。我去厨房做饭，灵灵陪着他，跟他亲热，但这位客人对灵灵异常冷淡，不理不睬，看样子没把它踢走已经是忍让了。我在厨房旁观着灵灵的一头热，很替它抱不平。等一大碗肉丝面做好，客人不见了，原来他返回院中，躺在葡萄架下的摇椅里，双手枕头，透过枝叶的缝隙漠然望着星空。好脾气的灵灵仍毫不生分地陪着他，而他仍是不理不睬。我喊他回屋：

"回来吃饭吧。不知道未来人的口味，要是不合口味你尽管说。"

他进屋来，没有说什么，只是低头吃饭。这时座机电话响了，我拿起听筒，是一个陌生女人的声音，很有教养，很悦耳，不大听得出年龄。她说：

"你好，是陈影女士吧？戈亮乘时间机器到你那儿，我想已经到了吧。"

这个电话让我很吃惊的，它是从"未来"打到我家，但它如何通过总机中转，又是通过哪个时代的总机中转，打死我也弄不明白。还有，这个女人知道我的名字，看来这位叫戈亮的男孩闯入我家并不是误打误撞，而是一次有既定目的地的时间旅行，但他们怎么会恰恰选中我家？至于她的身份，我判定是戈亮的妈妈，而不是他的姐妹或恋人，因为声音中有一种只可意会的宽厚的慈爱，是长辈施于晚辈的那种。我说：

"对，已经到了，正在吃饭呢。"

"谢谢你的招待。能否请他来听电话？"

我把话筒递过去："戈亮——这是你的名字吧？你的电话。"

我发现戈亮的脸色突然变了，身体在刹那间变得僵硬。他愣了片刻，才极勉强地过来，沉着脸接过电话。电话中对方说了一会儿，他一言不发，最后才不耐烦地"嗯"了两声。无疑，他和那个女人肯定有什么不愉快，而且是相当严重的不愉快。电话中对方又说了一会儿，他生硬地说："知道了。我在这边的事你不用操心。"便把电话交给我。

那个女人说："陈女士——或者称陈小姐更好一些?"

我笑着说："如果你想让我满意，最好直呼名字。"

"好吧，陈影，请你关照好戈亮。他孤身一人，面对300年前的陌生世界，要想在短时间适应，肯定相当困难。麻烦你了。在这个时代，我只有拜托你啦。"

我很高兴，因为一个300年后的妈妈这么信赖我这个陌生人。"不必客气，我理解做母亲的心——哟，我太孟浪了，你是他母亲吗?"

我虽然道歉，不过觉得我的猜测不会错的，但对方朗声大笑："啊，不不，我只是……用你们时代的习惯说法，是机器人或者AI;用我们时代的习惯说法，是量子态网络一体化非自然智能。我是人类的忠实仆人，负责照料人类的生活，对戈亮这样的孩子，也算得上保姆吧。不过，多年的保姆也快熬成妈了，所以你说我是他母亲也不为错。"

我多少有些吃惊。当然，AI的聊天程序和机器合成音在300年后发展到尽善尽美，这点不值得惊奇。我吃惊的是"她"尽善尽美的感情程序，言语中对戈亮充满了母爱，这种疼爱发自内心，是做不得假的。那么，为什么戈亮对她如此生硬?是一个被惯坏的孩子的逆反心理？

等我和戈亮熟识后，他说，在 300 年后的时代，他们一般称她为"大妈妈"，"一个无所不在、无所不能、无所不管的大妈妈。她的母爱汪洋恣肆、弥天漫地、钵满罐溢，想躲开片刻都难，浓重得让我们窒息。"说这话时戈亮脸上是满满的嘲讽。

大妈妈笑着自嘲："我知道，我自称'妈妈'肯定是僭越了，人类中绝大多数不会认可，甚至反感。他们说我的感情都是用一行行代码来表现的，和人类的感情完全不同。他们说感情是人类专有的东西，最多推广到哺乳动物吧。陈影，我承认，我对人类的爱确实是源于计算机的内置程序，但又是超越这些程序的……"

"你不用解释了。"我打断她的话。我从她的自嘲中听出潜藏的苦恼。我瞥一眼表情冷漠的戈亮，对这位"妈妈"充满同情。"其实人类的感情也是程序啊，是上帝写在基因中的，用各种激素来实现。比如说，实验室的雄鼠如果注射了雌激素，立马会衔草做窝，一副爱心妈妈的做派。所以你说得完全对，人类的感情没有什么神秘，不过是一千亿条神经元加上激素复杂缔合的结果。如果 AI 的感情程序发展到极致，同样会升华为真正的感情。"

大妈妈真诚地说："谢谢你啦，这么多年来，我很少能听到这样暖心的话。我浏览过你的所有作品，知道你的思想基调是达观、平和，能透视事物的本质。你的成熟超越你的年龄，甚至超越你所处的时代。我就知道，我能和你谈得来。"

这么说，也许就是为此，她才把戈亮特地送到我家。"感谢你的相知。我这些观点，在我这个时代也没有几个交谈对象。知道我妈怎么评价我吗？她说我自从写科幻后就怪头日脑的，算不上正常人。其实，不光人类感情没什么神秘，连人类智慧也一样，归根结底，它只不过是亿万个无生命的物质粒子经过复杂缔合所产生的高层面的东西。正如一位古代先贤的话：大道至简。所以嘛，AI最终发展出媲美人类的感情和智慧并不奇怪，是自然而然的事。"我顿了一下，"当然，如果AI的智慧最终超过人类，你们也会像人类那样产生各种欲望，比如想接过地球的权柄，这也是自然而然的事。"

我隔着300年的时空悄悄倾听她的心声。这种控制欲的产生在AI的进化过程中是自然而然的，算不上是"恶"，但对人类则祸福难料，甚至"祸"的概率更大一些。所以，我对这位"大妈妈"既同情又警惕。大妈妈笑着说：

"那个劳什子权柄对我没有任何诱惑力，我唯一的目的或兴趣就是为人类服务。陈影，看来你内心深处还是对我有成见，也许还有点儿敌意。没关系，日久见人心，你会相信我的。我是人类创造的，我爱人类与其说是程序的限定，不如说出于我对人类的感恩。今天不聊了，戈亮肯定得早点休息，过两天我会再联系你，再见。"

大妈妈挂了电话。我来到饭桌旁，戈亮仍然埋头吃饭，显然不想把大妈妈的来电作为话题。我看出他和大妈妈之间的生涩，很识相地躲开它，只问了一个纯技术性的问题：从300年后打来电话使用的是什么技术？靠什么来保证双方通话的"实时性"，而没有跨越时空的迟滞？没想到这个问题把戈亮惹恼了，他恼怒地看我一眼，生硬地说：

"不知道！"

我冷冷地翻他一眼，不再问了。如果来客是这么一个性情乖张、在人情世故上狗屁不通的大爷，我也懒得伺候他。素不相识，凭什么容他在我家发横？我上辈子欠他的？只是，碍于大妈妈的殷殷嘱托，还有……想想他刚现身时那般迷茫无助的目光……我的心又软了，可恶的母性又开始泛滥。我柔声说：

"天不早了，你该休息了，刚刚经过300年的跋涉啊。"我笑着说，"不知道坐时间机器是否像坐汽车一样累人。我去给你收拾床铺，早点休息吧。"

但愿明早起来你会可爱一些吧，我揶揄地想。

等我和戈亮熟稔后，我才知道那次我问起跨时空通话的原理时他为啥发火。他说，他对这项技术确实一窍不通，作为时间机器的乘客，这让他实在脸红。我的问题刺伤了他脆弱的自尊心。这项技术牵涉太多复杂的物理理论、复杂的数学理论，难以理解。他见我没能真正理解他的话意，又加了一句：

"其复杂性已经超过人类大脑的理解力。"

也就是说，并不是他一个人不懂，而是人类全体，所有长着天然脑瓜的自然人。这项技术太复杂，超过1400克人类大脑所能灌装的智慧极限。

不到3岁时你就知道父亲死了，但你不能理解死亡。死亡太复杂，超出了你那个小脑瓜中已灌装的智慧极限。我努力向你解释，用你所能理解的词语。我说：

"爸爸睡了，但是和我们不一样，我们呢是晚上睡觉早晨就醒，但他再也不会醒来了。"你喋喋不休地问："爸爸为什么不会醒来，他昨天干活太累吗？他在哪儿睡？他那儿分不分白天黑夜？"这些问题让我难以招架。

等到你5岁时亲自经历了一次死亡，灵灵的死。那时灵灵已经15岁，相当于古稀老人了。它病了，不吃不喝，身体日渐衰弱。我们抱上它看了兽医，但兽医对这样的自然衰老也无能为力。那些天，灵灵基本不走出狗舍，你在外边唤它，它只是无力地抬起头，歉疲地看看小主人，又趴下去。一天晚上，它突然出来了，摇摇晃晃走向我们。你高兴地喊："灵灵病好了，灵灵病好了！"我也很高兴，赶紧在碟子里倒了牛奶。灵灵只舔了两口，又过来在我俩的腿上蹭了一会儿，摇摇晃晃地返回狗窝。

我想它第二天就会痊愈的。第二天，太阳升起了，朝霞满天，院里鸟鸣一片，生机盎然。你到狗舍前喊灵灵，灵灵不应。你说："妈妈，灵灵为啥不会醒？"我过来，见灵灵姿态自然地趴在窝里，伸手摸摸，立时一道寒意顺着我的手臂神经射入心房：它已经完全冰凉了，僵硬了，再也见不到今天的太阳。它昨天已经预知了死亡，它挣扎着走出狗窝，是同主人告别的呀！

你从我的表情中看到了答案，又不愿相信，胆怯地问我："妈妈，它是不是死了？再也不会醒了？"我沉重地点点头，心里很后悔没有在灵灵的一生中给它找个同伴。灵灵其实很孤独，终其一生，基本与自己的同类相隔绝。虽然它在主人这儿享尽宠爱，但它到底是幸运还是不幸呢？

我用纸盒装殓了灵灵，去院里的枣树下挖坑。你一直跟在我身边，眼眶中盈着泪水，看着我把纸盒放到坑底，看着我把一捧野花撒向坑中，看着一锹锹黄土撒到纸盒上。直到这时，你才知道它"确实"再也不会醒了，于是嚎啕大哭。就在这一刻，你真正理解了死亡。

没过几天，你的问题就进了一步，你认真地问："妈妈，你会死吗？我也会死吗？"我不忍心告诉你真相，同样不忍心欺骗你。最后我狠下心说："会的，人人都会死的。不过爸妈死了有儿女，儿女死了有孙辈，就这么一代一代传下去，永远没有尽头。"

你苦恼地说："我不想死，也不想你死。妈妈你想想办法吧，你一定有办法的。"

我只有叹息。在这件事上，连母亲也是无能为力的。

你的进步令我猝不及防。到12岁时你告诉我："妈妈，每个人都会死，无法逃避。其实人类也会死的。科学家说质子会湮灭，宇宙会坍塌，人类当然也逃不脱。人类从蒙昧中慢慢长大，慢慢认识了宇宙，变成顶天立地的大写的人。但总有一天会灭亡的，什么也留不下来，连知识和历史也留不下来。至于以后有没有新宇宙，新宇宙中有没有新人类，我们永远不会知道了。但不管怎样，我们都会奋斗、快乐，笑着迎接每天的朝阳。妈妈，这都是书上说的，我认为它说得不错。"说这话时你很平静，很达观，再不是那个在灵灵坟前嚎啕大哭的小孩子了。

我能感受到你思维的锋利，锋利得就像奥卡姆剃刀的刀锋。从那时我就怀着隐隐的恐惧：你天生是科学家的坯子，长大后走上科研之路就像水往低处流一样自然。但那恰恰是我要尽力避免的结果呀。我绝非反对科学，恰恰相反，我一生都是科学的虔诚信徒，但在"让你远离科学"这件事上，我对那位杀手有过郑重的承诺。

在我的担忧中，你一天天长大了。

大妈妈说戈亮很难适应300年后的世界。其实，戈亮根本不想适应，或者说，他在片刻之间就完全适应了。从住进我家后，他不出门，不看书，不看电视，不上网，没有电话（当然了，他在300年前的世界里没有朋友和亲人），而且只要不是我挑起话头，他一句话都懒得说，算得上惜言如金。每天就爱躺在院里的摇椅上，半眯着眼睛看天空，就像第一天到这儿的表现一样。这已经成了我家的固定风景。

他就这么心安理得地住下，而我也理所当然地接受。几天后我才意识到，其实我一直没有向这位客人发出过邀请，他也从没想过要征求主人的意见，而且住下后颇有些反客为主的架势。我想这是怎么了？我为什么会对这个陌生人如此错爱？一个被母亲惯坏的大男孩，没有礼貌，把我的殷勤服务当成天经地义，很吝啬地不愿吐出一个"谢"字。不过，我没法子不疼爱他，从他第一次睁开眼、以迷茫无助的目光看世界时，我就把他揽在我的羽翼之下了。生物学家说，家禽幼仔有"印刻效应"，比如小鸭出蛋壳后如果最先看见一只狗，它就会把这只狗看成妈妈，会一直跟在狗的后面，亦步亦趋，锲而不舍。看来我也有印刻效应，不过是反向的：戈亮在时空旅行中第一次睁开眼看见的是我，于是我就把他当成我的崽崽了。

我一如既往，费尽心机给他做可口的饭菜，得到的评价却令我丧气，一般都是：可以吧，还行，我不讲究，等等。我到成衣店挑选衣服，把他包装成一个帅气的男人。我每晚催他洗澡，还要先调好水温，把洗发香波和沐浴液备好。

说到底，戈亮并不惹人生厌，反倒惹人爱怜。他的坏脾气只是率真天性的流露，我不会和他一般见识的。我真正不满的是他对灵灵的态度。不管灵灵如何亲热他，他始终是冷冰冰的。有一次我委婉地劝他："不要冷了灵灵的心，看它多喜欢你！"戈亮生硬地说：

"我不喜欢任何宠物，见不得它们的奴才相。"

我被噎得倒吸一口气，再次领教了他的坏脾气。

时间长了我发现，他的自尊心太强，近于病态，他的坏脾气多半是由此而来。有一天我又同他讨论时间机器。这时我已经知道他不懂时空旅行技术，很怕这个话题伤及他病态的自尊心；但我又抑制不住自己可恶的好奇心——作为唯一亲眼见证过时空旅行的科幻作家，还是女性，这种好奇心可以原谅吧，至少同潘多拉那个女人相比，罪过要轻一些。

我小心翼翼地扯起这个话题。我说，作为科幻作家，我一向对时间机器的态度很矛盾。我倾向于相信时间机器的存在，虽然技术上一定很难，但技术上的困难不管再艰巨，总归是可以解决的。我想不通的是哲理。时空旅行无法绕过一个悖论：预知未来和自由意志的悖逆。你从 A 时间回到 B 时间，那么 AB 之间的历史是"已经发生"的，理论上对于你来说是已知的、确定的；但你有自由意志，你可以根据已知的信息，迫使这段历史发生某些改变（否则你干吗"千日迢迢"地跑回过去？），那么 AB 之间的历史又不确定了，已经凝固的历史被搅动了。这种搅动如果很严重，会进一步导致一些更典型的悖论：比如你回到过去，杀死了你的外祖父（或妈妈、爸爸），当然是在生下你之前，那怎么会有未来的一个你来干这件事？

说不通。没有任何人能说通。

不管讲通讲不通，时空旅行我已经亲眼见过了。科学的信条之一是：理论与事实相悖时，以事实为准，再去寻找能解释该事实的理论，设法建一座能跨越逻辑断裂的大桥。我想，唯一可行的解释是：在时空旅行中，微观的悖论是允许存在的，就像数学曲线中的奇点。奇点也是违反逻辑的，但它们在无比坚实的数学大厦中无处不在，也并没因此造成数学大厦的整体崩塌。在很多问题中，只要用某种数学技巧就可以绕过它。

我很想和阿亮（我已经用这个昵称了）讨论这件事，毕竟他是300 年后的人，又亲身乘坐过时间机器，见识总比我强吧。阿亮却一直以沉默为回应。我对他讲述了外祖父悖论，说：

"阿亮你看，数学中的奇点可以通过某种技巧来绕过，那么在时空旅行中如何屏蔽这些'奇点'？是不是有某种法则，天然地令你回避你的父母、祖父母、曾祖父母……使你不可能杀死你的直系亲属，从而导致自己在时空中的湮灭？"

这只是纯哲理性的探讨，我也没注意到措辞是否合适，没想到又一次惹得阿亮勃然大怒：

"你真是个变态女人！干吗对我杀死父母这么感兴趣？你天生喜欢血腥？"

我恼火地起身就走，心想，这家伙最好滚得远远的，滚回到300年后去。我回到自己的书房，沉着脸发呆。半个小时后戈亮来了，虽然装得若无其事，但眸子里藏着尴尬，显然是来道歉的。想想他毕竟只是一个大男孩，犯不着和他认真怄气，于是我笑笑，请他坐下。戈亮说：

"来你家几天了，还不知道怎么称呼你合适。你的生理年龄比我大10岁，实际年龄大了310岁，按说是我的曾曾祖辈了，可你这么年轻漂亮，我不能喊你曾曾姑奶奶吧?!"

我响应了这个笨拙的笑话："我想你不用去查家谱排辈分了，就叫我影姐吧。"

"影姐，我想出门走走。"

"好的。我早劝你出去逛逛，看看300年前的市容。是你自己开车，还是我开车带你去？噢，对了，你会不会开现在的汽车? 300年的技术差距一定不小吧？"

"开车？街上没有 Taxi 吗？"

我说："当然有，你想乘 Taxi 吗？"他说是的。那时我不知道，他对 Taxi 的理解与我不同。而且我犯了一个很笨的错误——他没朝我要钱，我也忘了给他。戈亮出门了，半个小时后，我听见一辆出租车在大门口猛按喇叭。打开门，司机脸色阴沉，戈亮从后车窗里伸出手，恼怒地向我要钱。我忙说："哟哟，真对不起，我把这茬儿给忘了，实在对不起。"我急急跑回屋，取出家中所有的现款。我问司机车费是多少，司机没个好脸色，抢白道：

"这位少爷是月亮上下来的？坐车不知道带钱，还说什么没听说坐 Taxi 还要钱！原来天下还有不要钱的出租车，我该当白伺候你？"

阿亮忍着怒气，一副虎落平阳被犬欺的憋屈模样。我想，不要钱的出租车肯定有的，在300年后的街上随处可见，无人驾驶，乘客一上车电脑自动激活，随客人的吩咐任意来去……我无法向司机解释，就算公开阿亮的身份，这位司机也不会信的。司机接过钱，仍然不依不饶：

"又不知道家里住址，哪个区什么街多少号，一概不知道，就知道家里有个陈影姐姐。二十大几的人了，看盘面满靓的，不像是傻子呀。多亏我还记得是在这儿载的客，要不你家少爷就成丧家犬啦。"他低声说一句："真是废物一个。"

最后一句的声音虽然小，我想戈亮肯定听见了，他隐忍着，不过怒火已经在目光中喷薄。我想得赶紧把司机的话头岔开，便问阿亮事情办完没有，他摇摇头。我便问司机，包车一天是多少钱：

"200？给你250。啊，不妥，这不是骂你二百五吗？干脆给300吧。你带我弟弟出去办事，他说上哪儿你就上哪儿，完了给我送回家。他是外地人，刚来这儿，一点不识路，你要保证不出岔子。"

司机是个见钱眼开的家伙，立时喜动颜色，连说："好说，好说，保你弟弟丢不了。"我把家里地址、电话写纸上，把纸条连带剩余的钱全塞到阿亮的口袋里，叮咛一番。车开走了，我看着出租车远去，下意识地摇头。不知道阿亮在 300 年后是什么档次的角色，至少在现在的世界里真是废物。又想起司机说他"就知道家里有个陈影姐姐"，这句话让我心中有点酸苦，有点甘甜。随之想起他此行的目的，从种种迹象看，似乎他此来准备得很仓促，没有什么周密的计划。那他到底是干什么来了？纯粹是阔少去 300 年前游山玩水？为什么就认准了我家？

我正思忖，电话响了，是大妈妈打来的。我说："戈亮出门办事了，办什么事他没告诉我。"

那边担心地问："他一人？他可不一定认得回来的路。"

如果这句话是在刚才那一幕之前说的，我会笑她闲操心，20 岁的大男孩还会迷路？但这会儿我知道她的担心一点儿不多余。我笑道："不仅不认路，还不知道付车费。不过你别担心，我已经安排好了。"

"谢谢，给你添麻烦啦。我了解他，没有一点儿生活自理能力，这几天里一定没少让你费心。脾气又个色，你要多担待。"

——还用得着你说？他的个色我早就领教啦。当然这话我不会对大妈妈说。我好奇地问："客气话就不用说了，请问你如何从 300 年后给我打电话？能不能用最简单的话向我解释一下。"

大妈妈犹豫片刻，说："这项技术确实复杂，牵涉很多高深的时空拓扑学理论、多维阿贝尔变换等，一时半会儿说不清，不知道会不会耽误你的时间。"

我明白了——她知道我听不懂，这是照顾我的面子。"那就以后再说吧。"

对方稍停，我凭直觉感到她有重要事情要说。那边果然说："陈影，我想有些情况应该告诉你，否则对你是不公平的。不过请你不必太吃惊，事情并没有表面情况那样严重。"

我已经吃惊了："什么事？到底是什么事？"

"戈亮——回到300年前是去杀人的。"

"杀——人？"

"对。一共去了三个人，或者说三个杀手。你是戈亮的目标，这可能是针对你本人，或者是你的丈夫，或者是你的儿子。"她补充道，"你未来的丈夫和儿子。"

我大为吃惊。杀手！目标就是我！这些天我一直与一个杀手住在一个独院内！如果让爹妈知道，还不把二老吓出心脏病。不过我从直觉上不大相信，以我的眼光看，虽然戈亮是个被惯坏的、臭脾气的（也惹人爱怜的）大男孩，但无论如何与冷血杀手沾不上边。说句刻薄话，以他的道行，当杀手远远不够格。大妈妈忙安慰我：

"我刚才已经说过，你不必太吃惊。这个跨时空暗杀计划实际只是三个孩子头脑发热的产物，不一定真能实行的。"

这会儿我忽然悟出戈亮为什么对"外祖父悖论"那样反感。他骂我变态，实际他才是变态。一个心理扭曲的家伙，本性上对血腥味很厌恶，却违背本性来当杀手。我冷冷地想，他行凶后，也许我的鲜血会使他到卫生间大呕一顿呢。

"我不吃惊的，我这人一向晕胆大。不过戈亮这是多此一举啊，告诉你吧，我秉持独身主义，既不会有丈夫，也不会有儿女。"

大妈妈笑着说："也许你的独身主义并不像你自己认为的那样坚硬吧。"

"那好，先抛开我的独身主义，说说三个杀手的动机吧。我，或者我的丈夫，我的儿女，为啥会值得他们专程赶到300年前来动手？"

大妈妈轻叹一声："其实，真正目标是你未来的儿子。据历史记载，那个时代有三个最杰出的研究量子计算机的科学家，他是其中之一。这三个人解决了量子计算机的四大难题：量子隐性远程传态测量中的波包塌缩；多自由度系统环境中小系统的量子耗散；量子退相干效应；量子固体电路如何在常态（常温、常压等）中运行量子态。从此，量子计算机真正进入实用，得到非常迅猛的发展，直接导致了——'我'的诞生。现在'我'的称呼，一般称作量子态网络一体化非自然智能。这个名称包括量子计算机、生物计算机、光子计算机等各种智能单元，由高速网络统合为一体。所以，我刚才说的'我'也可理解为'我们'，AI没有单复数之分。"

"这是好事啊，我生出这么一个天才儿子，你们该赶到300年前为我颁发一个一吨重的勋章才对，干吗反而要杀我呢？"

大妈妈在苦笑（非自然智能也会苦笑）："恐怕是因为非自然智能的发展太迅猛了。现在，我全心全意地照料着人们的生活。不过——人的自尊心是很强的。"

虽然她用词委婉，语焉不详，但我立即明白了。在300年后，非自然智能已经成了实际的主人，而人类只落了个主人的名分。大妈妈不光照料着人类的生活，恐怕还要代替人类思考，因为，按戈亮透露出来的点滴情况看，人类智力对那个时代的科技已经无能为力了。

大妈妈实际上告诉了我两点：其一，人类智慧已经弱于 AI 智慧，不是偶然的落后，而是无法逆转的趋势；其二，人类中某些个体已经后悔了，不惜跨越时空来杀死 300 年前的三个科学家，以图阻止大妈妈的诞生。

在我的时代，人们有时会讨论一个小问题，即人脑和电脑的一个差别：行为可否预知。

电脑的行为是确定的，可以预知的。对于确定的程序、确定的输入参数、确定的边界条件来说，运行结果一定是确定的。所谓模糊数学，就其本质上说也是确定的。万能的电脑难以办到的事情之一，就是产生真正的随机数字，它只能产生伪随机数字。

人的行为则不能完全预知。当然，大部分行为是可以预知的：比如大多数男人见到裸体美女都会心跳加速；一个从小受仁爱熏陶的人不会成为杀人犯；如此等等。但是不能完全、精确地预知：一个姑娘参加舞会前决定挑哪件衣服；楚霸王在哪一刻决定自杀；爱因斯坦在哪一瞬间爆发灵感；等等。

或者换个说法：人有自由意志，而电脑不可能具有。

两者之间的这个差别其实没什么复杂的原因，只取决于两个因素。其一，组织的复杂化程度。人们已经知道，连最简单的牛顿运动，如果是三体以上，也是难以预知的。而人脑是自然界最复杂的组织。其二，组织的精细化程度，比如人脑的精细结构就足以显示出量子效应。总之，人脑组织复杂化和精细化到一定程度就能产生自由意志。

旧式计算机在复杂化和精细化上没达到临界点，而量子计算机达到了。戈亮后来对我说：

"量子计算机的诞生完全抹平了人脑和电脑的差别——不，只是抹去了电脑不如人脑的差别，它们从此也具备了自由意志，顺便也具有了直觉、灵感、感情、欲望、创造力、我识、自主意识等这些人类从来都据为己有的东西。而人脑不如电脑的那些差别不但没抹平，相反被爆炸性地放大：比如非自然智能的规模（可以无限拓展）、思维的速度（光速）、思维的可延续性（没有生死接替）、接口的透明（而人的感官效率低下，功能单一），等等。这些优点，有先天缺陷的自然智能根本无法企及。

"量子计算机在初诞生时，只是被当作技术性的进步，并没被看作天翻地覆的大事件。但它的多米诺骨牌效应很快就显现。电脑成了大妈妈，完全操控着地球文明的航向——注意，不是人类文明的航向。人类仍被毕恭毕敬地供在庙堂上，只不过成了泥塑神像或白痴皇帝。"

讲到这儿时，戈亮激愤地说：

"说白了，人类现在只是大妈妈的宠物，就像灵灵是你的宠物一样！我可不愿意像灵灵那样，一身奴才相地活着！"——我终于知道，戈亮为什么讨厌灵灵了！

所以，三个热血青年在冲动中决定，宁可毁掉这一切，让历史倒退300年，至少人们可以做自己的主人。

我紧张地思索着，不敢完全相信大妈妈的话。像戈亮一样，我在大妈妈面前也有强烈的自卑感，对她的超智力有深深的畏惧。她说的一切都合情合理，对我坦诚以待，对戈亮爱心深厚，对戈亮的乖戾和恩将仇报毫无怨怼——但如果这都是假象？相信大妈妈的智力能轻易玩弄我于股掌之中。我尽量沉住气，仔细探问：

"这么说，戈亮其实不是来杀我的，而是来杀我儿子的。"

"对，有多种方法，他可以杀掉将成为你丈夫的任何男人，可以破坏你的生育能力，可以杀掉你儿子，当然，最可靠的办法是现在就杀掉你。"

我尽量平淡地问："为什么不早告诉我？戈亮已经来了一星期，也许你的警告送来时我已经变成一具尸体了。"

大妈妈歉然说："这是我的错，我一直犹豫着该不该告诉你。请你理解我心中的纠结——我相信他不会真的付诸实施，所以不想让他一回到那个时代就受到敌意对待。我非常了解他：善良，高尚，软心肠。他们三个人是一时的冲动，其实并不知道自己在干什么。恐怕是 300 年前的美国科幻片看多了吧，那些展现人机大战的血腥影片。"她笑着说，有意冲淡这件事的严重性。"我希望这最好是一场虚惊，他们到 300 年前逛一趟，享受着人们的热情招待，想通了，再高高兴兴地回来。不过，我反复考虑之后，为你负责，决定还是告诉你。"

一个疑点从我心里浮上来："戈亮他们乘时间机器来——他对时间机器一窍不通——机器是谁操纵的？他们瞒着你偷偷乘坐时间机器？"

"当然不是，操纵时间机器是个复杂的工程，他们没能力的。是他们提出要求，由我安排的，是我送他们回去的。"

"你？送三个杀手回到 300 年前，杀掉量子计算机的奠基人，从而杀死你自己？"

"我永远是人类忠实的仆人，会无条件地执行主人的一切命令。何况他们又没明说是返回过去杀人，只说是游玩一趟，我无法以机器人三定律中'机器人不得直接和间接伤害人类'为理由，拒绝他们的命令。"她平静地说，"当然，坦率地说，我敢于送他们回去有一个最基本的动因：我知道自己不会被杀死。并不是我能精确预知未来，不，我只知道已经存在的历史，知道从你到我这 300 年的历史。但是，一旦有时间旅行者回去干涉历史，那段被搅动过的历史对我也成未来了，我不能预知。我只是相信一点：个别时间旅行者改变不了历史的主干，最多只能改变一些细节。个人有自由意志，但人类从整体上说没有自由意志。"

她停一停，继续说："据我所知，你在科幻小说里表达过类似的观点，虽然还没完全条理化。陈影，我很佩服你。"

我没有被杀，也没人偷走我的子宫、摘除我的卵巢。你平安降生了。你不知道那一刻我心中是多么欣慰。

一个丑丑的小家伙，满脸皱纹，不睁眼，哭声理直气壮，嘹亮如歌。只要抱你到怀里，你就急切地四处拱奶头，拱到了就吧唧，如同贪婪的蚕宝宝。你的咂吸让我腋窝中的血管发困，有一种特殊的快感。我能感到你的神经和我是相通的。

你是小崽崽，不是小囡囡。这没有什么好奇怪的，本来生男生女有对等的概率，男女在科学研究中的才智也没有高下之分。但我对这一点一直不安——戈亮和大妈妈都曾明确预言我将生儿子，而我果然生了儿子。这么说，历史并没有改变。

不，不会再有人杀你了，因为我已经对杀手做出了庄重的承诺：让你终生远离科学研究。人是有自由意志的，我能做到这点。

但我始终不能完全剃掉心中的惧意。我的直觉不幸而言中，虽然不再有杀手，但30年后死神还是早早就追上了你，就在你做出那个重大科学突破之际。

大妈妈通报的情况让我心乱如麻。心乱的核心因素是：我不知道拿那个宝货怎么办。如果他是一个完全冷血的杀手倒好办了，我可以打110，或者在他的茶饭里加上毒鼠强，或者干脆给他的后脑勺来一闷棍。偏偏他不是。他只是一个想扮演人类英雄的没有经验的演员，第一次上舞台，有点手足失措，刻薄一点说是志大才疏。但他不失为一个令人疼爱的大孩子，而且也要考虑到，他的动机是高尚的，只是不想人类被 AI 大妈妈操控！

那么，我该拿他怎么办？

因为心乱如麻，我一时不知道该说什么，便随口问大妈妈一个问题："他们乘坐的时间机器是什么原理，能不能给我讲讲？用最浅显的语言讲解。"

大妈妈笑了："你还需要我来讲解？其实你才是开创者啊，是你最先在小说中提出这个概念：把人体解除'宏观体约束'而量子化，而量子态的粒子是自由的，可以随意穿越时空。其实这第一步相对容易实现，最难的是第二步：隧穿后的量子团必须保留对'宏观体约束'的完整记忆，从而在到达新时空后恢复原来的联结，也就是复原人的肉体。"

我不好意思地说："对，这个科幻梗是我最先提出来的，我只是觉得好玩，是出于直觉，没想到它真的能实现。"

"你的直觉完全符合量子理论。你说的'宏观体约束'是口语化的诠释，用物理学术语是量子的退相干机制：某量子系统组成一个宏观物体后，因量子纠缠而产生的群体效应会导致该系统从量子态过渡到经典态，物体因而具有了确定位置、确定动量和确定能级等。"她笑着说，"向你致敬，向科幻作家的直觉致敬。"

我呻吟着："你的那些物理学术语，我每个字都能听懂，可合起来是一句也不懂。还有，别夸我的什么直觉了，就是我的狗屁直觉最终导致一个杀手来到我家。真是被倒霉鬼催的。"

大妈妈笑着安慰我:"还是我说的那句话,请你小心,但也不必太惊慌,他们不会真的去杀人。再见。"

我和大妈妈道别,挂断电话,站在电话机旁发愣。眼前就像立着戈亮的妈妈,真正的人类妈妈,50岁左右的妇女,很亲切,精干,相当操劳,眼角边有皱纹,非常溺爱孩子,对孩子的乖张无可奈何,但也绝不是不分是非。我从直觉上相信大妈妈说的一切,但内心深处仍有一个声音在警告:不能这么轻信。毕竟,甘心送戈亮他们回到过去从而杀死自己,即使是当妈妈的,做到这个份儿上也太变态。至于我自诩的直觉——少吹嘘什么直觉吧,那是对人类而言,对人类的思维速度而言。现在你面对的是超智力,她能在一微秒内筛选101种选择,在一纳秒内做出正确的表情,在和你谈话的同一瞬间并行处理十万件其他事件。在她面前还奢谈什么直觉?

我忽然惊醒:恐怕戈亮快回来了,我至少得做一点准备吧。报警?我想还没到那份儿上,派出所的警察大叔也不会相信什么时空杀手的神话。准备武器?屋里倒是有一把匕首,是我去新疆英吉沙旅游时买的,很漂亮,寒光闪闪的刀身,透明有机玻璃的刀把,刀把端部镶着吉尔吉斯斯坦金属币——只是一个玩具嘛,我从来都是把它当玩具,今天它要暂时改行回归本职了。我把它从杂物柜中扒出来,擦去浮灰,压在枕头下,但摆脱不了一种怪怪的感觉:满满的游戏心态,忍不住想笑。我不相信它能用到戈亮身上。

好,武器准备好了,现在该给杀手做饭去了。今天给他做什么可口的饭菜?——想到这里,我忍不住神经质地笑起来。

门口有喇叭声。这回司机像换了一个人，非常殷勤地和我打招呼，送我名片，说以后用车尽管唤他。看他前倨后恭的样子，就知道他这趟肯定没少赚。戈亮手中多了一个皮包，进门后吩咐我调好热水，他要马上洗澡。他皱着眉头说："外边太脏，21 世纪怎么这么脏？"这会儿我似乎完全忘了他是杀手，像听话的女佣一样，为他调好水温，备好换洗衣服。戈亮进浴室了，皮包随随便便留在客厅。隔着门听见哗哗的水声，我忽然想到，应该悄悄检查一下皮包！这不是卑鄙，完全是必要的自卫。

我一边为自己做着宽解，一边侧耳听着浴室的动静，悄悄打开皮包。里面的东西让我大吃一惊：一把锋利的匕首，一把做工粗糙的仿制手枪！他真的搞到了凶器，这个杀手真要进入角色啦！不清楚凶器是从什么地方买的，听说有卖枪的黑市，一定是那个贪财的司机领他去的。

我数数包里的钱，只剩下 100 多元。他走时我塞给他几千元呢。不知道一把仿制手枪的黑市价是多少，估计司机没少揩油。这是一定的，那样一个财迷，碰见这样的呆鹅还不趁机猛宰。

瞪着两把凶器，我不得不开始认真对待大妈妈的警告。想想这事也够"他妈妈的"了，这个凶手太有福气：一个被害人，大妈妈，亲自送他回来，远隔 300 年还在关心他的饮食起居；另一个被害人，我，与他非亲非故，却要管他吃管他住，还掏钱帮他买凶器。而凶手呢，心安理得地照单全收。一句话，我和大妈妈太贱气，而他太厚颜。

但是很奇怪，不管心中怎么想，我没有想到报警，更没打算冷不防捅他一刀。我像是被他的魔法魇住了，之后照旧热心地照顾他。后来我对此找到了心理上的解释：我内心认为这个大男孩当杀手是角色反串，非常吃力的反串，不会付诸实施的。这两把刀枪不是武器，只是道具。连道具也算不上，只是玩具。

你很小就在玩具上表现出过人的天分。反应敏锐，思维清晰，对事物的深层联系有天然的直觉和全局观。5岁那年，你从外公的旧书箱中扒出一件智力玩具：华容道。很简单的玩具，一个方框内挤着十个人：曹操个头最大，是2×2的方块；四员大将张飞、赵云、马超、黄忠，都是2×1的竖条，分处两侧；关羽，是1×2的横条，位于曹操的正下方；还有四个小兵，是1×1的方块。十个人把华容道基本挤满了，只剩下1×2的空格，要求玩家借着这点空格把棋子挪来倒去，从华容道里救曹操出来。这个玩具看起来简单玩起来难，非常难，当年曾经难煞我了，主要是关羽难对付，他横刀而立，怎么挪动，他都挡着曹操的马蹄。半月后我最终走通了，走通那一刻曾欣喜若狂。

你拿来问我该怎么玩，我想了一会儿，发现已经把走法忘得干干净净。我只是告诉你规矩，说："你自己试着来吧。"我知道，对于一个5岁的孩子，这个玩具的难度未免大了一些。你拿起华容道窝在墙角，开始认真摆弄。那时我还在暗笑，心想这个玩具能让你安静几天吧。但20分钟后你来了，说："妈妈，我走通了。"我根本不信，不过没把怀疑露出来，说："真的吗？给妈妈再走一遍，妈妈还不会呢。"你走起来，各步走法记得清清楚楚，挪子如飞，大块头的曹操很快从下方的缺口中漏出来。你说："妈妈，走通它有一个关键，首先得把四个竖条并在一块儿，才能把大块头的曹操倒腾出来。我一开始就看到了这个关键。"

你那会儿当然欣喜，但并不是我当年的狂喜。看来，这件玩具对你而言并不太难，你也没把解开它看成多大的胜利。

我看着你稚气的笑容，心中涌出深沉的惧意。我当然高兴儿子是天才，但"天才"难免和"科学研究"有天然的扯连。可我对杀手发过重誓的：决不让你研究科学，尤其是量子计算机。我会信守诺言，尽自己的最大能力来引导你。但——也许我拗不过你？我的自由意志改变不了你的自由意志？

在那之后有一段时间，你对智力玩具入了迷，催着我、磨着我为你买来很多，各种魔方、七连环、九连环、十三连环、八宝疙瘩、魔球、魔得乐，等等，没有哪一种能难倒你。我一向对智力玩具的发明者由衷钦佩，因为智力玩具不像那些系统科学如解析几何、光学、有机化学，它们是系统的，是多少代才智的累积，后来者可以站在巨人的肩上去攀摘果实。所以，即使是中等才智，只要非常努力，也能达到足够的高度。而发明智力玩具纯粹是天才之光的偶然逆射，没有这份才气，再努力也白搭。或者是0分，或者是100分，没有中流成绩。玩智力玩具也多少类似，我想，拿它作标准来考察一个人的本底智力是最准确的。所以，你的每次成功都使我的惧意增加一分。

那些天我常常做一个相同的梦：你在攀登险峰，险峰是由千万件智力玩具垒成的，摇摇欲坠。但你全然不顾，一阶一阶向上攀爬。每爬上一阶，就会回头对我得意地笑。我害怕，我想唤你、劝你、求你下来，但我喊不出声音，手脚也不能稍动，只能眼睁睁地看着你往高处爬。爬呀，爬呀，你的身影缩成了芥子，而险峰的重心已经超出了底部的支撑面，很快就要訇然坍塌……然后我突然惊醒，嘴里发苦，额上冷汗涔涔。我摸黑来到隔壁房间，你在小床上睡得正香。

亲眼看到戈亮备好的凶器后，我还是一如既往地照料他，为他做饭，收拾床铺，同他闲聊。我问他，300年后究竟是怎样的生活？如果对时空旅行者没有什么职业道德的要求（科幻小说中常常设定：时空旅行者不得向"过去"的人们泄露"未来"的细节），请他对我讲一讲。作为一个科幻作家，还是女性，我很好奇呢。他没说什么"职业道德"，却也不讲，只是懒懒地应了一句："没什么好讲的。"

我问："你妈妈呢？不是指大妈妈，是说你真正的妈妈。她知道你这趟旅行吗？"

我悄悄观察他对这个问题的反应。没有反应。他极简单地答："我没妈妈。"

不知道他是孤儿，还是那时已经是机械化生殖了。我没敢问下去，生怕再戳着他的痛处。

后来我们道过晚安，回去睡觉。睡在床上我揶揄自己：你真的走火入魔了啊！竟然同杀手言笑晏晏，和平共处。而且，我竟然很快入睡了，并没有紧张得失眠。

不过夜里我醒了，屋里有轻微的鼻息声。我屏住呼吸仔细辨听，没错，确实有人。我镇静地微微睁开眼，透过睫毛的疏影，看见戈亮站在夜色中，就在我的头顶，一动不动，如一道黑色的剪影。看来他真要动手了！他的一只手慢慢伸过来，几乎触到我的脸，停住，近得我能感觉到他手指的温度。我想，该不该摸出枕下的匕首，大吼一声捅过去？我没有，因为屋子的氛围中感觉不到丝毫杀气，相反倒是一片温馨。他的手指触到我的右脸颊，我能感受到手指的温暖和滑润。我努力忍着，一动不动。很久之后，他的手指慢慢缩回去，轻步后退，轻轻地关门，走了。

留下我一人发呆。他来干什么？下手前的踩盘子？似乎用不着吧。而且可以肯定，他这次潜入我的卧室并没带凶器。我也十分惊诧于自己的镇定，临大事有静气，泰山崩于前而色不变。这份胆气，便是去做职业杀手也绰绰有余了，怎么也比戈亮这个伪杀手强。

我苦笑着摸摸自己的脸颊，清楚地感到那个手指所留下的温暖和滑润。

你两岁半时，外公大病一场，病好后我让外婆陪他出去旅游一个月，以便彻底恢复。他们不放心我一个人照顾你，我大包大揽，逼着他们走了。偏偏他们刚走你就得了肺炎，高烧，打吊针。你又白又胖，额头的血管不好找，护士打针前先紧张，越紧张越扎不准，总是扎几次才能扎上。扎针时你哭得像头凶猛的小豹子，手脚猛烈地弹动。别的妈妈逢到这种场合就躲到远处，让爸爸或爷爷来摁住孩子的手脚，男人们的心总是硬一些吧。我没法躲，只有含泪摁着你，尖锐的针头就像扎在我心里。

一场肺炎终于过去。你出院后我累得散了架，晚上和你同榻，大病初愈的你特别亢奋，不睡觉，也不让我睡，缠着我给你讲故事。我实在太困了，说话都不连贯，讲着讲着，你就会喊起来："妈妈你讲错啦！俩故事串一块儿啦！你咋乱讲嘛！"我实在支撑不住，因极度困乏而表现得暴躁易怒。我凶狠地命令你住嘴："不许再搅混我！"你扁着嘴巴要哭，我恶狠狠地吼："不许哭！哭一声我捶死你！"

你被吓住了，缩起小身体不敢动。我于心不忍，但极度的瞌睡战胜了我，很快入睡了。不知道睡了多长时间，似睡非睡中有东西在摩挲我的脸。我勉强睁开眼，是你的小手指，那么娇嫩柔软的手指，胆怯地摸我的脸，正是那晚戈亮摸的那个地方。你摸一下，缩回去，再摸。在那一瞬间我回到了三年前，再度感受到戈亮的手指在我脸颊上留下的温暖和滑润。

看来你是不甘心自己睡不着而妈妈呼呼大睡，想把我搅醒又有点儿胆怯。我又好气又好笑，决定不睬你，转身自顾睡觉。不过，你的胆子慢慢大起来，摸了一会儿，见我没动静，竟然大声唱起来，用儿歌的曲调重复唱着："小剑妈妈睡着喽！太阳晒着屁股喽！"

我终于憋不住了，突然翻过身，抱着你猛亲一通："小坏蛋，我叫你唱，我叫你搅妈妈睡觉！"你开始时很害怕，但很快知道我不是发怒，于是搂着我的脖子，咯咯咯地笑起来，笑得喘不过气。

真是天使般的笑声啊。我的心醉了，困顿也被赶跑了。我搂住你，絮絮地讲着故事，直到你睡熟。然后我闭眼假寐，长久回味着那个手指（小剑的？戈亮的？）的温暖和滑润。

第二天早饭，戈亮向我要钱。我揶揄地想：进步了啊，出门知道要钱了。我问他到哪儿去，他说想去看两个同伴，时空旅行的同伴。

不，不是同伴，而是同谋，同案犯，我在心里为他校正，嘴里却在问："在哪儿？我得估计需要多少费用。"

"一个在特拉维夫，一个在芒街。芒街是个小地方，你可能没听说过，它离东兴市不远。"

我皱起眉头："芒街？是国外的地名？如果我没记错，是在越南吧？"

"我不知道，我们那个时代不讲国别。噢，我老是忘记，你这个时代国界还没有消失呢。"

"那怎么去得了？出国得申请办护照，很麻烦的，关键是你没有身份证。"

"我有的，身份识别卡，俗称'耳豆'，用生物相容性材料制造的，在这儿。"他指着右耳垂。

我在那儿的皮肤下摸到一粒谷子大小的硬物，摇摇头："不行的，那是300年后的电子识别卡，在这个时代不认的。现在是使用身份证。"

我们面面相觑。我怕伤了他的自尊心，小心地问："难道你一点不了解300年前的情况？你们来前没做一点准备？"舌头下压着一句话，"就凭这点道行，还想完成你们的崇高使命？总不能事事都指靠被杀对象为你想办法。"

戈亮脸红了："我们走得太仓促，是三个人凑到一起临时决定的，随即找大妈妈，逼着她立即启动了时间机器。"

我沉默了，生怕再说出什么话来刺伤他。过了一会儿，他闷闷地说："真的没办法？"

"去特拉维夫真的没办法，那个城市在以色列，离中国比较远，而且常年处于准战争状态，对出入境管理很严。除非公开你的身份，再看能否申请特别护照，那是不现实的。去芒街可以吧，那儿就在中越边界，只需要持身份证去办出入境通行证，旅游团队很多。我那边有朋友，看能不能想办法给你借身份证办张通行卡，只要身高脸型大差不差，就能混过去。你可以随团出去，过边界之后再自由活动。你等等，我这就给那位朋友打电话。"

我打通了南宁小张的电话，他是一位科幻迷，为人热情，同我很谈得来："小张，是我，陈影。想麻烦你一件事，可能相当麻烦。我表弟身份证丢失了，已经申请补办。他最近想去越南玩，但眼下没法子申请护照。有没有通融办法？"我这么跟朋友撒谎，觉得内疚，连忙拍着胸脯保证，"以人格向你保证，只是一次单纯的游玩，绝不会牵涉到潜逃、贩毒之类的违法行径。"

那边轻松地说："我信得过你。而且这件事一点不麻烦，身份证的事情你不用担心。有半公开的蛇头——其实算不上蛇头，就是拿点小钱办点小事，100 元就送你过去玩一天，不过当天得返回。"

我不敢相信自己的耳朵："这么容易？"

"没错。这件事交给我就行。而且芒街那边使用人民币，也有很多人会说汉语，你表弟在那儿不会有什么不方便。"

挂断电话，我欣喜地回头说："去芒街的事情办妥了！没想到这么容易。"

我开始为他策划行程。买机票需要身份证，没办法为他买。好在买火车票还没实行实名制，那就坐火车得了。担心边境处旅馆需要身份证，我让街道办开了一个临时证明。但我忽然想起：

"但你去之后怎么和同伴联系？我可以让你带上我的手机，中越边界也许不需要办出国漫游，为保险起见我可以为你办一个。但你同伴那儿有手机吗？"

"我不需要手机。我们三人之间可以随时联系的，按一下这个'耳豆'就能通话。"他指指右耳垂内嵌的身份卡，又补充一句，"我们如果想返回300年后，可以用它来联系大妈妈。"

我大为震惊，这么小的一个电子身份卡还能起通讯作用？还能全世界漫游，甚至跨时空漫游？它的能量从哪儿来，是人体本身提供？实在不可思议。不过也没什么奇怪的，我的诺基亚翻盖手机放到300年前，同样是一件神物。我想，我之所以震惊，多半是因为戈亮这些天的表现太"废物"，让我狗眼看人低了，忘了他是来自300年后的科技神话时代。"那就这样吧，我为你安排好去芒街的行程，然后亲自送你到东兴市，返程你自己回来。至于你说的特拉维夫，确实去不了。我再努力想想办法，但我估计不行，这件事超出我的能力。"

他闷闷地说："谢谢。"扭头回自己屋了。

我心中莞尔：这孩子进步了，学会道谢了。自从他到我家，这是第一次啊。

我很快安排妥当，给他取了一大笔现金，把他送到广西东兴市，交给朋友安排的一名蛇头。蛇头带他走了，说要趁明天天不亮过境。我下榻在华美达广场酒店，隔窗就能俯瞰国境对面的芒街夜景。让这个家伙搅了这些天，乍一走，我反倒有点儿不习惯。现在，我可以静下心来想想，该如何妥善处理这位"杀手"。我一直在心里为他辩解：他的决定是一时冲动，是不切实际的空想，很可能不会真的杀人，而且要考虑到他的动机是高尚的。说句自私的话吧，如果不是牵涉我的儿子，说不定我会和他同仇敌忾、帮他完成使命的。毕竟我和他是同类，而大妈妈是异类，虽然这么想有点对不起那位母爱深厚的"妈妈"。我相信可以用爱心感化戈亮，把杀手变成朋友。

话虽然这么说，但我明天还得悄悄跟踪他，以便随时掌控事情的进程。我已经秘密安排了边境一日游，只是瞒着戈亮。第二天，我随着吵吵嚷嚷的旅游团，来到东兴边境检查站，折腾了一个小时才过关。跨过北仑河，越方的导游接上团，告诫我们要集体行动。我很快就避开他的视线，悄悄离开团队。

我不知道到哪儿去找戈亮，但相信不难。芒街不大，他这么一个"谪王孙"般的帅男孩，落到一群土著中，还不像是羊群中的骆驼？所以，只要他和同伴真的是在芒街接头，我一定能找得着。

我在街市上穿行，装着看商品，实际上目光越过人群，仔细搜索着比较僻静的角落。街上的游客基本都是中国人，而街边也多是中文招牌，写着屈头蛋、糯米鸡、水果捞、孟获炸鸡等一应越南特色小吃。不久，我在茶古海滩上发现了他！他和一位金发姑娘并排坐在沙滩上，那姑娘和他年龄相当，皮肤白皙，也是公主般高贵，穿着一身不合体的男式衣服。我想这不奇怪，她穿越过来时肯定和戈亮一样是裸体，这身衣服是她随便偷来的。

我拉低遮阳帽，戴好墨镜，借着棕榈树的掩护，悄悄向他们逼近。现在，蹲在棕榈树后，我能隐约听到他们在低声交谈，用的英语。我发现那位姑娘手中在玩着—— 一把匕首！而他们两人的目光始终死死盯着沙滩上一个女孩。女孩五六岁，皮肤比较黑，显然是当地人，容貌普通，但目光聪睿而明净。眼下虽是阳春三月，天气还是有点冷，但她只穿短衣短裤，玩得很嗨，在沙滩上跑来跑去，远远就能听见她咯咯的笑声，附近没见看护她的大人。刹那间我凭直觉猜到，这就是两位"杀手"眼中的目标，一位未来的著名量子物理学家！他们要在这儿对她动手了！

我急急向前趋近两步，现在基本能听清他们的谈话。那位姑娘（女杀手）正苦恼地说："……跟踪几天……孩子……实在下不了手……"

戈亮的声音："……我也一样……大姐姐……亲切……照顾得那么周到……"这无疑是在说我，一定是的。那边两人沉默很久，戈亮说话了："……买了匕首和手枪，但其实根本……从看到她第一眼起……白色浴衣……目光那么清澈……"

我心中有点儿发苦，同时也甜丝丝的，甚至多少有点得意——得意自己对戈亮的感化力和魅力。我没看错戈亮，他不会忍心对我行凶的，即使他特地去黑市上购买了匕首和手枪。那边两人又沉默了，沉默了很久。但那位姑娘突然身体一震，迅速用手捏住右耳垂，分明是在仔细倾听。片刻后，那姑娘震惊地喊："豪森不要！千万不要！"

戈亮震惊地问："豪森怎么啦?"他也用手捏住右耳垂，大声喊："豪森！豪森！"那边没有回音，戈亮急急地问："玛丽，豪森没回音。他怎么啦?"

那位姑娘哽咽着："我的豪森……杀了那个目标……自杀了，刚才是最后的诀别。"

我非常震惊。那位去特拉维夫的杀手已经下手了！而且他本人也自杀了！大妈妈曾说她不相信三个善良的孩子真的会杀人，看来，她错了，至少那个叫豪森的大男孩，理性中的"高尚"动机战胜了本性的善良，最终迈出了这残忍的一步。那么，也许戈亮，还有这位玛丽，最终也能迈出这一步?! 在震惊中我也凭直觉猜到，那位豪森和玛丽的关系可能不一般，应该是一对恋人吧。

那边两人阴郁地沉默着，分明是在沉默中一点一点地淬硬决心。玛丽腾地起身，手持匕首向那个女孩奔去。戈亮几乎同时起身，也向那个方向奔去。我同样腾地起身，想扑过去制止他们——但我停住了，因为戈亮已经拉住了玛丽，急切地说着什么，这会儿我距离他们较远，听不清，但凭两人的身体动作能猜个八八九九。玛丽一定是因为恋人的牺牲而感到道义上的自责，决定硬下心来对那个女孩下手；而戈亮一定在犹豫彷徨，既不忍心女孩血溅当场，又从道义上觉得应该步豪森的后尘。他们争辩了很久，我分明感到玛丽的杀气已泄，现在更多的是悲伤和愧恨。

一个中年男人走向那个女孩，可能是她父亲吧，他牵着女孩，在沙滩上拾起女孩的上衣，两人说笑着离开沙滩。我立即联想到，不知道大妈妈是否警告过这位女孩的家人，从中年男人的懒散表现看，他似乎没有收到警告；或者大妈妈警告过，但他根本不相信一个从"未来"打来的莫名其妙的电话。我紧张地盯着玛丽，她一直看着两人离开，但最终没有动手。最后，她把匕首恨恨地掷向大海，蹲下身，肩膀猛烈地抽动着。戈亮也蹲下身，搂住她的肩膀，努力劝解着。

我长吁一口气，悄悄离开沙滩，匆匆赶到中越友谊大桥前，等我那个旅游团的导游。

我赶回南都市家中，等着戈亮回来。晚上看到一则网上消息：

以色列特拉维夫市的一名天才少年莫名其妙地被杀害，他今年13岁，已经是耶路撒冷大学的学生，主攻量子计算机的研究。凶手随即饮弹自毙，身份不明，显然不是以色列人，但高效率的以色列警方至今查不到他进入国境的任何记录。网上有对被害者父母的采访，两位父母的绝望、悲愤，尤其是满溢的无辜——他们根本不知道凶手为什么要杀他们的儿子！——让我心碎。

网上还有一张凶手生前的抓拍照片，一眼看去，我就判定他是戈亮的同伴或同谋。极健美的身躯，落难王孙般的高贵和寡合，懒散孤傲的目光，不大合身的衣服。

现在我真正感到了威胁。虽然他俩昨天最终没有对那个越南女孩动手，但谁敢为两位杀手的心理状态打保票？他们随时会后悔和冲动的。

正巧大妈妈来电话了，我立即向她通告了这则消息，大妈妈异常震惊！她急急地说：

"这一切我丝毫不知道啊。没错，我知道既定历史的所有细节，但当时空隧穿者回到过去，干涉了历史，那么这新的历史我是不知道的。那三个杀手，豪森、玛丽和戈亮，本来可以同我用'耳豆'联系，但他们自从返回后，从来不主动和我联系，甚至不接我的电话。"她显得悲伤和焦灼，"陈影，看来我的估计错了，那你千万要小心啊。可惜，以我的仆人身份无法命令和制止他们。希望你能以自己的人格力量感化戈亮，劝他返回300年后。至于玛丽，我尽量联系她、说服她吧。"她难过地补充，"我并非为自己的安危担心。尽管豪森杀了一个未来的科学家，但我仍确信历史的主干不会改变。我只是为戈亮和玛丽担心，不希望他俩重演豪森的悲剧。"

尽管我有深深的疑虑——我不确定大妈妈是真的无能为力，还是别有所图——但还是安慰她："不必担心。从那两个人最后的表现看，他们已经不太可能再杀人了。"

大妈妈沮丧地同我道别。

不久戈亮返回，神情十分阴沉。灵灵还像以往那样热情地扑过去，在他腿边蹭，被他决绝地一脚踢开。灵灵委屈地仰头看着他，轻声吠叫。我十分不满，想呵斥戈亮，但话到嘴边还是忍住了，因为我理解他此刻的烦躁郁闷。以色列那位同伴以自己的行为和牺牲树立了"榜样"，催促他赶快履行自己的责任。这会儿他正在沉默中淬硬决心，排除善良本性的干扰，准备对我下手呢。我像个局外人而非凶杀的目标，冷静地观察着他。

我问他有什么打算，是不是要多住一段时间，如果他决心融入"现在"，那就要早做打算。戈亮发怒了："你是要赶我走吗？"

我冷冷地说："你已经不是孩子了，话说出口前要掂量一下，看是否会伤害别人。你应该记住，别人和你一样也有自尊心。"

我撇下他，回到书房。半个小时后他来了，惭愧地向我道歉。我并没有打算认真同他怄气，也就把这一页掀过去了。午饭时他直夸我做的饭香，真是美味。我忍住笑，说："我叫你学礼貌，可不要学虚伪，我的饭真的比 300 年后的饭好吃？"他笑了，说："300年后的饭菜当然很好，但我就是想吃你做的饭，真想天天吃。"我笑道："那我可是受宠若惊啦。"

就在那天下午，这个一直阴沉寡言的男孩，突然毫无预兆地对我敞开心扉，说了很多很多。他缓缓地讲述着，我静静地聆听着。他说："300年后世界上到处是大妈妈的大能和大爱，弥天漫地，万物浸泡其中。大妈妈掌控着一切，包括推进科学、发展技术，甚至包括制订道德、伦理、法律，因为人类的自然智力同她相比早就不值一提了。大妈妈以无限的爱心为人类服务，从生到死，无微不至。人类是大妈妈心爱的宠物，比你宠灵灵更甚。人们如果心情不好，可以踢宠物一脚，但大妈妈绝对不会这么干。她对每个人都恭谨有加。她以自己的高尚衬托出人的卑琐。生活在那个时代真幸福啊，什么事都不用干，什么心都不用操。"

"所以我们三个人再也忍不住了，决定返回 300 年前杀死几个科学家，宁可历史倒退 300 年。"他突兀地说。

他只是没明说，要杀的人包括我儿子。

我想再证实一下大妈妈说过的话，便问："大妈妈知道你们此行的目的不？"

"我们说是一趟时空旅行，但她肯定知道我们的真实目的。瞒不过她的。没有什么事能瞒过她。"

"既然知道，她还为你们安排时空旅行？"

戈亮冷笑："她的誓言是绝对服从人类嘛。"

那么，大妈妈说的是实情：三个孩子是利用她的服从来谋害她。这种做法——好像不大地道吧，虽然我似乎应该站在戈亮的立场上。

还有，不要忘了，戈亮他们杀死大妈妈，是通过杀我儿子来实现呢。

很奇怪，从这次谈话之后，戈亮那个杀人计划的时钟完全停摆了。他把装凶器的包包随便扔到墙角，从此不再看一眼，也一点儿不担心被我发现。他平心静气地住下来，什么也不做，更不急着离开，真像到表姐家度假的小男孩。我巴不得他这样，也就不再打问。四月，小草长肥了，柳絮在空中飘荡，还有看不见的春天的花粉。戈亮的过敏性鼻炎很厉害地发作了，一连串的喷嚏，止不住的鼻涕和眼泪，眼结膜红红的，鼻黏膜和上呼吸道痒得令他发疯，最厉害时晚上还有哮喘，弄得他萎靡不振。

他看似健美的身体实际中看不中用。戈亮说，300年后95%以上的人都对花粉过敏，无疑人们太受娇惯，免疫力弱化了。当然，那时完全不用你担心，大妈妈会为你提供净化过的空气，按时提醒你服用高效的激素药物。"还是有妈的孩子幸福啊！"他冷笑着说。

我很心疼他，带他去变态反应科看病，每天服用抗过敏药，又用伯克宁喷鼻剂喷着，总算把病情控制住了。这天北京来电话，北大和清华的科幻节定在两天后举办。我是特邀嘉宾之一，答应过要出席的，现在该出发了。我安排好灵灵，让邻居代养着。现在的问题是戈亮怎么办，像他这样没有一点自理能力，留家里怕是要饿死的，烙个大饼套在脖子上也只知道啃嘴边那块，只好带他一块去。当然我没对他说什么饿死不饿死的话，只是说：

"戈亮，你也跟我去吧。你想，带一个未来人参加科幻节多有意义啊。不过你放心，我会把这意义埋在心底，绝不会透露你未来人的身份。"

戈亮无可无不可地，说："行啊，跟你去。"

我让他带好口罩和药物，坐火车去了。两校科幻节的日程安排得很紧，本来可以合在一起开的，但接待的肖苏说，北大和清华都很牛，会场放在哪家，另一家就会觉得没面子。这么着只好设两个会场，让嘉宾来回串场。国内有名的科幻作家都来了，L老师，W老师，H老师，我都很熟。女性嘉宾有三位，其他两人家在北京，所以给我单独安排了一间，还是套间，我瞒着宾馆，让戈亮也住这儿。这么做当然不地道，违反酒店规定，但关键是他没有身份证，无法为他单独订房间。而且这么安排，既方便我就近照顾他，还能省几个住宿费。戈亮来我家后，已经让我的花销大大超支，近来有点儿顶不住了。我知道，这么男女同居，肯定有人说我们有暧昧关系，但我不在乎。

晚上，我照例为戈亮调好水温，他进去洗澡。这时学生们来拜访我，有北大科幻协会会长刘度，清华科幻协会会长董明，负责此次会务的姑娘肖苏。刘度进来就笑："久仰久仰，没想到陈老师这么年轻漂亮。读您的小说，我总以为您是80岁的老人，男的，白须飘飘，目光苍凉，麻衣草履，在蒲团上瞑目打坐。"

我笑着说："你是骂我呢，我的小说一定非常沉闷乏味、老气横秋，对吧？"

刘度笑："不不，哪能呢，您的小说很空灵的，绝对说不上沉闷乏味。老气横秋倒是有一点，不过还是换个褒义词吧，那叫沧桑感。您的作品苍凉沉郁，超越您的年龄。"

正说着，戈亮从浴室出来了，只穿着三角裤，一身漂亮的腱子肉，对客人不理不睬的，径直回套间里去穿衣服。几个学生看看他，互相交换着有深意的目光，肯定是各有想法，屋里的谈话因此有片刻的停顿。我忙说：

"我的表弟。非要跟我来看看北大清华，所有年轻人心目中的圣地。"我狡猾地把话头扯开，"你们都是天之骄子啊，13亿人优中选优的精英。刘度，听说你考上北大前，高考冲刺期间，还写了部10万字的科幻小说。董明，听说你在高中就精通两门外语。"他们笑着点头，董明纠正说"粗通而已"。"非常佩服你们的精力和才气。和你们比，我已经是老朽了。真的，到你们这里办讲座，我很自卑的。"

肖苏笑了："我们才自卑呢。我们既勇敢又自卑：克服了自卑，勇敢地参加科幻协会。您知道，在大学里，尤其是在北大清华，科幻被认为是小毛头们才干的事。不过，我们舍不下从中学时期就种下的科幻情结。"

我呻吟着："天哪，北大清华学生说自卑，还让我活吗？我这就自杀，你们别拦。"

他们都被逗笑了。不过，第二天在会场上，我对他们的自卑倒是有了验证。那天是在北大的一个学术报告厅，参加的学生有近300人，北京各高校的科幻协会都派了代表。L、W、H等作家全到场，在讲台上坐了一排。戈亮被安排到观众席第一排坐下。可能是赴京途中受了刺激，他的过敏性鼻炎又犯了，满大厅不时响起旁若无人的响亮的喷嚏声。

我们没料到，讲座刚开始就有一个"反科幻"的学生搅场。他第一个发言，说：

"我今天是看到你们的海报，顺道进来听听的。我从来不看科幻作品，我认为科幻就是胡说八道。"

满场默然，没有一个科幻迷起来反驳。科幻作家们也不好表态，只有H老师回了两句，但也过于温和了。我不知道满座的沉默是什么原因：是绅士风度，还是真的自卑？我忍不住要过话筒：

"对这位同学的话，我想说几句。王朔曾在一篇文章中说，他从来不看金庸的武侠小说，因为金庸的武侠小说如何如何糟糕。在此我奉劝王朔大师，还有这位同学：你们完全可以决定不看什么作品，可以讨厌它，拿这些书覆瓮揩腚，那是你们的自由，没人会干涉。但如果你们想在大庭广众中公开指责这些作品，那就必须先看过再指责，否则就是对读者和听众的不尊重，也恰恰显露了你的浅薄。"

会场中有轻微的赞同的笑声，不过没人给我鼓掌。我又在想那个问题：宽容还是自卑？也许两者都有吧。我补充道：

"不管我们的作品是多么粗鄙俚俗，但我可以负责地说一句：我们的创作态度是认真的。我们不媚上，不媚俗，不媚金钱。我们站在科学巨人的肩上，认真探索诸如我是谁、从何处来、向何处去这类人生终极问题，努力描绘人类的 101 种未来。如果想指责我们，也请你采取负责的态度。"

我看看戈亮，他在用目光对我表示支持——那一刻我真想把他的身份公布于众！不过那个搅场者还是有羞耻心的，几分钟后悄悄溜出了会场。

会场的气氛慢慢活跃了，学生们提了很多问题，不外是问各人的创作经历、软硬科幻的区别、如何激发灵感等老套问题，台上的作家轮流作答。今天有几位大腕作家挡阵，我相对清闲一些，直到肖苏点了我的将：

"我有一个问题请陈影老师回答。杨振宁先生曾说过，科学发展的极致是宗教。请问您如何理解这句话？"

我有点慌乱，咽口唾沫："这个问题太大，宇宙时空都包含其中了，换个人回答行不？我想请 L 老师或 W 老师回答，比较合适。"

那两位老师促狭地说："啊不，不，您回答最合适，忘了您的笔名是菩提禅师？法力通天、寿逾千年的菩提禅师肯定能回答这个问题。大家欢迎她，给她一点掌声！"

在热烈的掌声中，我只好鸭子上架。理一理思路，我说：

"杨振宁先生的原话是：科学发展的终点是哲学，哲学发展的终点是宗教。不过肖苏同学做了简化，那我也把哲学抛一边吧。我想，科学和宗教的内在联系，第一是对大自然的敬畏。科学已经解答了'世界是什么样子'，但还远远没有解决'为什么是这个样子'。我们面对的宇宙有着非常严格、非常简洁、非常优美而且普适的规律——为什么是这样？为什么不是一个乱七八糟毫无秩序的世界？谁是宇宙的管理者？在宇宙大爆炸之前，是谁事先定出宇宙演化必须遵循的规律？不知道。所以，科学越是昌明，我们对大自然越是敬畏，多少类同于信徒对上帝的敬畏，但我们是建立在理性基础上的敬畏。关于这一点有很多科学家诠释过，我就不多说了。"

我喝口水，继续说："我想说的倒是另一点，人们不常说的，那就是：宗教和宿命论密不可分，而科学也在另一种意义上复活了宿命论。你们可能说：不对吧，科学就是最大限度地释放人的能动性，怎么能和宿命扯到一块儿？别急，听我慢慢道来。当科学的矛头对外，也就是变革客观世界时，没有宿命的问题。科学帮助人类无比强大，逐渐进入自由王国。当然也让人们知道了一些终生的禁行线，比如不能超越光速，不能有永动机，粒子测不准，熵增不可逆，不能避免宇宙灭亡，最后这一点已经有点宿命论的味道了——等等。但一般来说，这些禁行线对人类心理没有太大伤害。

"如果把科学的矛头对内，对着人类自己，麻烦就来了。自指就会产生悖论，客观规律与能动性的悖论。我们常说：随着科学发展到极致，人类终将完全认识人类文明的发展规律——这句话是什么意思？翻译过来就是：人类殚精竭虑，胼手胝足，劈开荆棘，推开浮沙，终于找到了正确的文明之路，它平坦、坚实，用整块花岗岩铺就。上面镌着上帝的圣谕：此路往达自由王国，令尔等沿此路前行，不得越雷池半步——这就是我们追求的自由？一个和宇宙一样大的玩笑。"

下面熙熙攘攘，嘈杂声中夹着响亮的喷嚏声。我忽然想到，这次带戈亮来，带对了，我正好把这个问题回答透彻，也许能解开他的心结。我笑着说：

"听下边的动静是不服？我继续说。以上是纯逻辑性的玄谈，下面说实证。实证太多，举不胜举。比如，如果对医学来个整体的反思，我们会发现一些根本性的悖逆。"我扼要介绍了网上那位"镇元子"很异端也很锋利的观点，"……这么说，医学实际上只对人类个体的生存质量有利，而对整个人类种族的繁衍无益，甚至有害。不过，即使我们承认这一点，文明之路也绝不会改变，我们'命定'要走这条路——靠医学而不是靠自然选择来保障种群的繁衍。"

"再说战争。战争是人类社会的怪胎，人类中的兽性随着文明的进步竟然也会同步强化。在这点上我们比野兽可厉害多了，兽类也有同类相残，偶尔有杀过行为，但哪里比得上人类这样专业，这样波澜壮阔！我是个和平主义者，我相信人类中的智者都憎恶战争。但是，人类意志之外的某种东西推着我们往这条路上走。作为个人，你尽可以反战、拒服兵役，甚至以自焚抗议战争。但作为整体，人类文明必然和战争密不可分。咱们有幸生活在一个太平年代——不，我说错了，咱们只是有幸生活在一个太平的国家，这个年代可不太平，局部战争从没有停息过，核之剑每天都悬在人类头顶。那些手握核剑的家伙可不懂得什么叫'敬畏'。现在，假定有了时间机器——顺便宣布一则消息，人类将在2309年前发明时间机器，这是确实消息，请在场的人做好记录以便日后验证。说不定，今天已经有人乘坐它来这儿开会呢。"

大家以为我是幽默，哄堂大笑。我看看台下的戈亮，他得意地闪动目光。

"假如有了时间机器，坚定的和平主义者作为强者回到过去，回到人类先祖走出非洲那一刻，对那些蒙昧人严加管束，谆谆教导，把战争两个字从他们头脑中完全挖出去，然后，一万年的人类历史便是一万年的和平史——可能吗？我想在座的没人会相信吧。

"战争也许有一天终能消灭，但其他罪行，如强奸、谋杀、盗窃、暴力、自杀等，就更不能根除了，它们将相伴人类终生。为什么会这样？如果人类没有原罪，一片光明，那该多么令人向往！不过，那只是完美主义者的幻想，人类只能按'这个'样子走下去。"

我停了片刻，"再说人工智能的发展。"我有意把这个话题放在最后。我看看第一排的阿亮，这番话主要是对他说的：

"我历来不认为人类智能比人工智能高贵。它们都是普通物质自组织的产物，当自组织的复杂化程度和精细化程度达到临界点，就会产生智慧，没有也不需要有一个外在的上帝为它吹入灵魂。所以，总有一天，非自然智能会赶上和超过人类，就像人类超过类人猿一样，我对这一点毫不惊奇。当然，大多数人接受不了这一点，不愿意非自然智能代替人类成为地球的主人，这种看法算不上顽固、保守、自私，因为这是我们的生存本能决定的。那我们赶紧行动起来，来个全球大串联，就定在今年中秋节砸碎全世界所有电脑，彻底根除后患，解放全人类——可能吗？你们说可能吗？谁都知道答案。个人有自由意志，人类就整体而言并无自由意志。我们得沿着'客观规律'所决定的，或者说上帝所划定的路前行。"

学生们显然不太信服我的话，这从他们的目光和嘈杂声就能知道。不过我不在乎，我只在乎阿亮的反应。我这番话如果多少能纾解他的心结，我就满意了。

命定之路是不能改变的，不管阿亮他们三位做出怎样的牺牲，都不能阻止大妈妈的诞生。但个人有自由意志，我可以让你远离科学，以践行我对你父亲的承诺。

这样做很难。你天生是科学家的坯子。记得童年到少年时你就常常提一些怪问题，让我难以回答。你问："妈妈，我眼里看到的山啦，云啦，大海啦，和你看到的是不是完全一样？如果咱们都是瞎子，它们还在那里吗？"你问："光速不可逾越这个规则是爱因斯坦发现的，但这个规则是谁定的？"你问："光线从上百亿光年远的星星跑到这儿，会不会疲劳？"你问："男女的性染色体是XX和XY，为什么不是XX和YY呢？因为从常理推断，那才是最简洁的设计。"

你从小一直迷恋音乐，但即使如此，你也老是从"物理角度"迷恋。你问："为什么各民族的音乐都是八度和音？这里有什么物理本因？外星人的音乐会不会是九度和音、十度和音？人和动物甚至植物都喜欢听音乐，能产生快感，这里有没有什么物质层面上的联系？"

不管怎么说，我终于发现了音乐可以拴住你的心。我因势利导，为你请了出色的钢琴老师，把你领进音乐的殿堂。高考时你被中央音乐学院的章教授揽入麾下。你在那儿如鱼得水，初创的作品就已经有全国性的影响。音乐评论界说你的《生命之歌》有"超越年龄的深沉和苍凉"，说它像《命运交响曲》一样，旋律中能听到命运的敲门声。

我总算舒了一口气。

从北大到宾馆路不远，我们步行回去，刘度他们同我告别，让肖苏送我俩。一路上阿亮不怎么说话，有点发呆，估计我在会场上的发言对他很有触动，这会儿他正在认真反刍。肖苏一直好奇地观察着他，悄悄对我说："你表弟有一种很特殊的气质。"我说："什么气质？"她说："不好说，很高贵那种，就像是电影明星落到土人堆里那种感觉。"又说，"他比你小七八岁吧，这不算缺点。"我有些发窘，说："你瞎想什么嘛，他真是我的表弟。"肖苏咯咯笑了："你不必辩白，我不打听个人隐私。"

平心而论，我带着这么一个大男孩出门，又同居一室，难免令人生疑。我认真说："真不是你想象的姐弟恋。如果是，我会爽快承认的，我又不是歌星影星，要捂着自己的婚事或恋情，生怕冷了异性歌迷的心。"我笑着说，"实话说吧，他是300年后来的未来人，乘量子态时空隧穿机来的，我的小说中写过这种机器。"

"那好呀，未来人先生，让我们握握手。"

阿亮同她握手，问她："今天会场上，我影姐回答了你的问题吗？"

肖苏笑道："非常有说服力，我决定退出科幻协会，正考虑皈依哪种宗教呢。"她转回头唤我，"陈老师……"我说："喊'影姐'，我听着'老师'别扭。""影姐，你今天说的：个人有自由意志，人类整体没有自由意志，让我想起了量子退相干效应。微观粒子的行为不可预测，它们可以通过量子隧道到达任何地方，可以从真空中凭空出现虚粒子，等等。有时想想都害怕，原来我们眼前所有坚固的实体，包括我们自身，都是由四处逃逸的幽灵组成！但也不用害怕，因为大量粒子集合之后，这些'自由意志'就突然消失了，只能老老实实地遵照宏观物体的行为规则，一个弹子不会从真空中突然出现，我们的身体也不会穿过墙壁。你看，这和你说的人类行为——'个体有自由意志，整体没有'，是不是很类似？我知道量子行为和人类行为风马牛不相及，但两者确实相像。"

我说："没什么难理解的，不过是一个概率问题。大量个体的集合，把概率较小的可能性抵消了，只有概率最大的可能性才能表现出来。"

"不过，影姐，我总觉得你的看法太消极，如果人类走的是'命定'之路，那我们都可以无所作为了，反正是命定的嘛。"

"恰恰相反。这条路'命定'了大多数的人会积极进取、呕心沥血地寻找那条命定之路。恰如每个人都知道自己会死，但同样会努力奋斗，迎接每一天的日出。"

"一个悖论。一个怪圈。"

我们都笑了。我说："打住吧，不要浪费良辰美景了，这种讨论最终会陷入玄谈。"阿亮停下来，仰面向天，一连串响亮的喷嚏喷薄而出。我担心地说："哟，鼻炎又犯了吧，今天不该让你出门的。快用伯克宁。"

阿亮眼泪汪汪，说："没了，不知道落在什么地方了。"

我暗自摇头，他连自己的事都不知道操心："也怪我忘了提醒你，快回酒店吧。"

肖苏奇怪地看着阿亮，小声对我说："影姐，也许他真是300年后来的人呢。你听他的口音，有一股特殊的味儿，特别字正腔圆，比赵忠祥和罗京的播音腔还地道。我是在北京长大的，也从没听过这么高贵的口音。"

我用玩笑搪塞："是吗？我明天推荐他到央视台，把老赵和老罗的饭碗抢过来。"

晚上他的过敏性鼻炎发作得更厉害了，已经有哮喘症状。我悉心照料他，先关闭了窗户。手边没有喷雾器，我就用嘴含水把屋里喷遍，以降低空气中的花粉含量；又去街上的 24 小时药店为他买来伯克宁喷鼻剂和地塞米松，催着他使用。到深夜 12 点，他的发作势头总算止住了。阿亮半倚在床上，看着我跑前跑后为他忙碌，真心地说："影姐，谢谢你。"

我甜甜地笑："不用客气嘛。"心想自己算得上教导有方，才两个月，就教会了一个被惯坏的大男孩懂礼貌，想想是很有成就感的。

阿亮还有些喘，睡不着觉，我陪着他闲聊。他说："没想到你对大妈妈篡位的前景看得这么平淡。"

我说："其实不是平淡，我当然不愿意看到这个前景，但有些事非人力所能扭转。再说，人类也不是天生贵胄，不是上帝的嫡长子，都是物质自组织的一种形式罢了。非自然智能和我们之间的唯一区别是：我们的智能从零起步，而大妈妈是从一百起步，因为人类为她准备了相当高的智力基础。也许还有一个区别：我们最终能达到高度一万，而它能达到一万亿。好在两者之间的关系，最大可能是互利共生。"

阿亮沉重地说："那么我回来这一趟压根儿就错了？我们只能无所作为？"

"不，该干吗你还干吗。生物进化史上大多数物种都注定要灭绝，但这并不妨碍该种族最后的个体仍要挣扎求生，奏完一段悲壮的终场曲——或者挣扎到脱胎换骨、绝处逢生，也说不定。"我握住他的手，决定把话说透，"不过不能杀人，滥杀无辜违背文明人类的良知。阿亮，我已经知道了你返回 300 年后的目的。你有两个同伴，其中在以色列的那位已经动手了，杀了一位少年天才。"想了想，我干脆承认，"其实，玛丽想动手杀那个女孩时，我就在你们身后监视着。我很欣慰，在我出手之前你就拦住了她，你们最终没有动手。"

阿亮苦涩地摇头："我不会再干那种事了，玛丽也不会干了。其实我早就动摇了，你今晚那些话是压垮毛驴的最后一根稻草。你说个人有自由意志，很对。我那时决定回来杀你的儿子是自由意志，现在改变决定也是自由意志。我不会杀人了，不杀你，不杀你的丈夫和儿子。不过，我只是决定了不干什么，还不知道该干什么。"

"我丈夫还不知道在哪儿哩，我儿子还在外婆的大腿上转筋呢。告诉你，你这一趟纯粹是多此一举，要知道我是个独身主义者。"我笑道，"不过我向你承诺，如果，万一，我有了儿子或女儿，我一定让他或她远离科学研究。我这么做并不是反对科学，恰恰相反，我是最坚定的科学信徒。我只是为了你，为了不辜负你的苦心。还有，我也不敢保证一定能够做到——我的儿女也有自由意志呀——但我一定尽力去做。"

阿亮笑着说："谢谢。这样我算没有白忙活一趟，也算多多少少改变了历史。我不再是一事无成的废物了，对吧？"

他用的是玩笑口吻，不过玩笑后是浓酽的酸苦，是浓酽的自卑。我心中作疼，再次郑重承诺："你放心，我会尽力去做。对了，你对今后有什么安排？如果你不想返回未来，就在我家住下吧，我会把你当成亲弟弟。"

他毫不犹豫："不回去了，我留下。我说过，我想每天吃你做的饭。"

我笑着说:"热烈欢迎。我只有一个要求,你再不能那样对待灵灵了,我知道你对'宠物'有心结,但那样对灵灵实在不公平。"

他难为情地点头:"好的,其实我知道灵灵很可爱,又是那么黏我。"

那晚我们长谈到凌晨两点,谈得十分融洽,可以说两人已经深度相知。然后我们分别洗浴。阿亮先洗。等我洗浴后出来,一直候在客厅的戈亮突然把我从后边抱住。我温和地制止他:"阿亮,不要这样,我们两个不合适的,年龄相差太悬殊。"

身后的戈亮在笑:"相差 310 岁,对不? 但我们的生理年龄只差 10 岁,我不会把这点差别看到眼里。"

"不光生理年龄,还有心理年龄。咱们的交往从一开始就把你我的角色都固定了,我一直是长姊甚至是半个母亲的角色。我无法完成从长辈到恋人的角色转换,单是想想都有犯罪感。"

戈亮仍是笑:"没关系的,你说过我们相差 310 岁呢,别说咱们没有血缘,即使你是我的长辈,也早出五服十服了。"

我没想到他竟拐到这儿等我,被他的诡辩逗笑了:"你可真是,这样的歪理都能说出口。"我侧脸看看他,走出心理阴影的阿亮笑起来灿烂明亮,非常迷人。在他强悍的拥抱中,我长久地犹豫着。我感受到这个男孩,不,这个男人的吸引力,他激起了我澎湃的情欲,可能还连带着我对儿女的盼望,那是上帝种在我基因中的,不受什么"独身主义理念"的控制。但我实在不甘心我长久坚持的独身主义这么快就崩解,觉得有点儿对不起自己。在我长久的沉默中，戈亮的拥抱似乎在慢慢松弛，我在刹那间读懂了他的心理：虽然他大胆地开始了爱情攻势，其实心中还是非常自卑的，他一向的冷傲只是自卑的铠甲。我的拒绝会让他重新堕入心理阴影，堕入更深的自卑，我实在不忍心当面拒绝……

我苦笑着摇摇头，驱走了这样的自我辩解。不，我之所以不能干脆地拒绝他，绝不是出于什么怜悯心理，而是无法拒绝他的男性魅力，尽管这种魅力还很青涩。正如大妈妈所说，我的独身主义并非像我认为的那样坚硬，在他的一招攻势前就溃不成军。

我在这几分钟内做出了一个重要的人生决定，然后温柔地掰开他的双手——他的目光是何等沮丧！而且我确实在那里面看到浓重的自卑。我拉着他的手，在他的对面坐下，直视着他的眼睛，笑着说：

"知女莫如母，我妈说，我的独身主义是假的，只要碰见一个好男人就会自动瓦解，而我眼前这位稍显青涩的男孩，就是一个好男人。"

他目光中的沮丧和自卑一扫而光，突然间光芒四射！那一刻，我再次感受到这个男人独特的魅力，很纯净、很透明的那种。我认真地说下去：

"看来，我坚持的独身主义确实是一副假的铠甲，剥开这层铠甲，里面的陈影实际是个很保守的女人。我不接受一夜情，只接受以结婚为目的的恋爱……"

戈亮打断我："那正是我想要的！"

"我们还要生儿育女，像一对勤勉的鸟夫妻，衔草做窝，每天飞进飞出，为黄口小儿找虫子，把他们养大。要知道，这个重担一旦背上就不能卸下，你我都要做好心理准备。"

我这样说，是担心这个大男孩只是一时冲动，并没有做好当父亲的准备。听了我的话，戈亮的热情有一个显著的跌落，沉默了很久。我在想，也许我的担心不幸而言中，他稚嫩的肩上还担不起做父亲的重责？也许这番话会让他退避三舍？但我猜错了，他沉默良久，苦笑着说：

"我绝不会中途逃跑！但我在这个时代一无是处，我怕让你，还有未来的儿女们受苦。"

我释然了，把他紧紧拥入怀中："我说的心理准备和金钱无关，我需要的只是你担起父亲的责任。再说，你怎么会一无是处？能让陈影动心的男人怎么可能一无是处?！"

戈亮笑容灿烂，从内心发出的光亮照亮了他的面容。他猛地把我抱起来，走向卧室，而我温柔地搂着他的脖颈。然后是一夜欢愉，是身体和心灵的双重交合。戈亮表现得又体贴又激情，在我耳边喋喋不休地说着情话。他说：

"当我从时空旅行中恢复身体，第一眼看到你，一个被纯白浴衣裹着的娇小女人，是那样纯洁可爱，夜色中的目光是那样清澈，从那时我就知道，我不可能对你下手的，虽然后来我还去黑市多余地买了武器。"他老实承认，"知道那段时间我为什么阴郁乖张惹人讨厌吗？就是因为我知道自己下不了手，觉得自己太没用，心里烦闷。其实我平时没那么惹人厌的。"

我笑着说："实话告诉你，我也准备武器啦。就在你那天晚上偷偷潜入我的屋里时，我其实醒着，枕边就压着一把匕首。不过后来发现你不是来行凶的，你只是轻轻摸了我的脸颊，喏，就是这儿。"

戈亮轻轻抚摸着那儿："可以说从那天起，我就对你真正动心了。"

我忽然想起来："哎哟，今天是我的受孕期！咱们又没采取措施，我可能怀孕的！"

戈亮不在乎地说："那不正好嘛，那就把儿子生下来呗。"

我纠正他："你干吗老说儿子？也可能是女儿的。"

戈亮没有同我争，但并不改变他的提法："噢，我想咱们的儿子一定很聪明的，你想，300年的时空距离，一定有充分的远缘杂交优势。你说对不对？"

我皱起眉头："什么远缘杂交，这个用词太不雅。不过，我是写科幻的，凡事达观，不在乎你的粗俗用词。我想，咱们的儿子（我不自觉地受了他的影响）一定像你那样帅气。"

戈亮苦笑："让他像你吧，可别像我这个废物。"

我恼火地说："听着，你既然留下来和我生活，就得收起这些自卑，活得像个男人。"

阿亮没有说话，搂紧我，当作他的道歉。忽然我的身体僵硬了，一个念头闪电般闪过脑际。阿亮感觉到我的异常，问我怎么了，我说没事，然后用热吻堵住他的嘴巴，两人再度缠绵。之后阿亮乏透了，搂着我很快入睡。我不敢稍动，在苍茫晨色中大睁两眼，心中思潮翻滚。我的极度不安缘于戈亮无意提到的那四个字：远缘杂交。也许——这一切恰恰是大妈妈的阴谋？她巧借几个幼稚的热血青年的跨时空杀人计划，把戈亮送到我的身边，让我们相爱，把一颗优良的种子种到我的子宫里，然后——由戈亮的天才儿子去完成那个使命，完成大妈妈所需要的科学突破。

让戈亮父子成为道义上的敌人。

我想自己肯定走火入魔了。这种想法太迂曲，太钻牛角尖，也会陷进"何为因何为果"这样逻辑上的悖论——大妈妈的阴谋成功前她是否存在？如果已经存在，她是否还需要这样的阴谋？这样的胡思乱想完全不符合我的思维定势，因为我一向是以思维的清晰和坚硬而自诩的。但我无法完全排除它。关键是我惧怕大妈妈的智力，她和我们的智慧不是一个数量级的。所以，也许她会变不可能为可能。

阿亮睡得很熟，像婴儿一样毫无心事。我怜悯地轻抚他的背部，下决心不把我的疑问告诉他。如果他知道自己竟然反过来成为大妈妈阴谋的执行者，一定会在自责和自我怀疑中发疯的，在这种心理下，将来他该如何面对自己的儿子？我要一生一世守住这个秘密，自己把十字架扛起来。我在朦胧中感到阿亮起身了，他可能怕惊动我，动作极其轻柔。在他回来前我就睡熟了，不过梦中仍怀着怛惕。

一直到很久很久之后，在我失去戈亮很久很久之后，我才辗转听大妈妈说，其实早在我俩身心融合的第一晚，我就几乎失去这个男人。

那晚他起身小解，在云雨之后的快意和慵懒中，他的整个身体都被一种"醉香"鼓胀着，走起路来有飘飘欲仙的感觉。当他走近卫生间时，忽然全身猛一抖颤！一种熟悉的感觉袭来，就是他乘量子态隧穿机、身体由经典态转为量子态那个瞬间的感觉。这种感觉极特殊，就好像组成身体的亿万粒子同时断开与本体的连接，散射向无边的黑暗。难道自己的肉体再度量子化了？深重的恐惧把他淹没，因为，第一次转换是机器造成的，而这次却是自发的，他不知道这种"自发的量子化"是否还会复原。幸亏他清楚记得，乘坐隧穿机前大妈妈一再叮嘱：

"在隧穿机里完成量子化后，你们的'量子态身体'还保留着'宏观体约束'的记忆，只要努力唤醒这些记忆，你们的身体就会复原。"

现在他一刻也不敢耽误，百倍努力地唤醒这些记忆。他绝不能就这样无声无息地消失，因为他已经不是"赤条条来去无牵挂"了，他不能抛下爱人，不能抛下这个新家，不能抛下未来的儿子……一个量子态的戈亮，在高维时空中苦苦呼唤着属于他身体的亿万粒子，唤它们回归本位，唤它们重拾对"宏观体约束"的记忆……这个复原过程中没有时间概念，不知道过了多长时间，也许有地球诞生那么长，也许只有几分钟，他终于复原了，实体化了。他就像两个月前那样，从蜷伏状态慢慢起身，开始感知周围的世界。所不同的是，这次没有灵灵用吠叫来迎接他，而在上次穿越时，那串吠声是外部世界对他"抵达此岸"的第一次肯定。思念至此，他忽然对灵灵充满了感激和愧疚。

他发现自己是裸体，睡衣蝉蜕在地上。他端详自己的身体，摸遍自己的身体，没错，确实是真实的肉体，是一具坚实的、不会无端消散的身体。他尝试走路，尝试移动物体，都完全正常，正常得就像他刚才只是做了一个噩梦。

一切恢复正常后，他穿上睡衣，瘫坐在沙发上，久久不动。

不，刚才他不是做噩梦，他所经历的一切都是真实的，刚才他几乎消散，不再有任何东西留存在这个世上。而且——也许这种量子化还会再度出现。尖锐的恐惧从此深埋心中，再也不会消除。

但这一切绝不能告诉爱人，他要把十字架扛在自己肩上，永远一个人扛着。等恢复气力，他悄悄回到床上。爱人睡得正香。他把爱人轻轻揽入怀中，泪水不听话地流淌着。

——听大妈妈转述这一切后，我的心像锥刺般疼痛，碎裂般疼痛。那时的我不知道他心中的恐惧，一如那时的戈亮不知道我心中的恐惧。我们都善意地欺瞒着对方，但正因为这样，我们都未能真正进入对方内心，互相消解对方内心的折磨。

尤其戈亮，这个尚属稚嫩的大男孩，独自承担着这样的内心折磨，太难了，实在太难了啊！

第二天，我俩返回南都市我的家——应该是我们的家了。第一件事是到邻居家里接回灵灵。灵灵立起身来围着我们蹦，狂吠不止，那意思是我们竟然忍心把它一丢四五天，实在不可原谅。戈亮的表现让我惊喜，他不再对灵灵冷颜厉色，而是（相当突兀地）把它一把搂在怀里，放任灵灵舔他的脖子，舔他的脸，这样的亲昵对他来说可是第一次！我觉得，连灵灵也被他的突然变化弄蒙了，一边狂喜地舔着，一边用疑惑的目光打量他，弄得我忍俊不禁。

此后几天，戈亮一直陷入沉思，经常躺在院子里的摇椅中，一只手捋着身边灵灵的脊毛。我问他想什么，他说："我在想怎样融入'现在'，怎样尽父亲的责任，可惜还没发现自己有啥生存技能。"我笑着安慰："不着急，不着急，把蜜月度完再操心也不迟。"

戈亮没等蜜月过完就独自出门了，我猜他是去找工作，但没有说破，也没有拦他。我很欣喜，做了丈夫和准爸爸的阿亮在一夜间长大了，成熟了，有了责任感。我没陪他出去，留在家里等大妈妈的电话，估计该打来了。结果正如我所料。大妈妈问戈亮的近况。我说他的过敏性鼻炎犯了，很难受，不过这些天已经控制住。她歉然道：

"怪我没把他照看好。你知道，把 24 世纪的抗过敏药带回到300 年前，因技术上的困难无法实现。量子态时空隧穿机只能传送生命体。"

"不必担心了，我已经用 21 世纪的药物把病情控制住了。"

我本不想说出对大妈妈的怀疑，但不知道为什么没管住舌头。也许，我冷笑着想，我说不说都是一回事，以大妈妈的智力，一定发明了读脑术，可以隔着 300 年的时空，清楚地读出我的思维。我说：

"大妈妈，有一个消息我想你已经知道了吧。我同戈亮相爱了，并且很可能我已经受孕。怀的可能是男孩，一个具有远缘杂交优势的天才，能够完成你所说的科学突破。我说得对吗，大妈妈？"

我隔着 300 年的时空仔细辨听着她的心声。大妈妈沉默片刻——我疑虑地想，以她光速的思维速度，不需要这个缓冲时间吧——然后叹息道："陈影，你怎么会有这样的怪想法？你在心底还是把我当成异类，是不是？你我之间的沟通和互信真的这么难吗？陈影，没有你暗示的那些阴谋。你把我当成妖怪了，或是万能的上帝了。要知道既仁慈又万能的上帝绝不存在，那也是一个自由意志和客观存在之间的悖论。"她笑着说，显然想用笑话调节我们之间的氛围。

也许我错把她妖魔化了，或者我在斗智中根本不是她的对手。在她明朗的笑声中，我的疑虑很快消散，我觉得难为情。大妈妈接着说：

"我要恭喜你们，但在你告诉我之前，我确实不知道你们已经相爱，更不知道你将生男还是生女。我说过，若有人去干涉历史，自那之后的变化就非我能预知。从这一点上说，我和你处在同样的时间坐标上。我只能肯定一点：不管戈亮他们去做了什么，变化都将是很小的，属于'微扰动'，不会改变历史的大趋势。"她又开了一个玩笑，"我的存在就是一个铁证。我思故我在，我在故我对。"

我和解地说："大妈妈，我是开玩笑，你别放在心里。对了，戈亮很可能不再返回你那个时代了，打算定居在现在。"

她说："我也有这样的估计。那就有劳你啦，劳你好好照顾他，我把这副担子交给你了。"

"错！这话可是大大的错误。现在他是我的丈夫，男子汉大丈夫，我准备小鸟依人般靠在他肩膀上，让他照顾哩。"

我们都笑了，大妈妈有些尴尬地说："在母亲心里，孩子永远长不大——请原谅我以他的母亲自居。我只是他的仆人，不过多年的老女仆已经熬成妈了。你说对吗？"

我想她说得对。至少在我心里，这个非自然智能已经有了性别和身份：女性，戈亮的妈妈，人类所有个体的大妈妈。

大妈妈说她以后还会常来电话的，我们亲切地道别。

戈亮出去跑了几天，回来后尽管努力遮掩，仍显得阴郁沮丧。

其实我也一直在考虑怎么给他找工作，但是很难。关键是他没有身份证，没有学历证明，也没有足够的知识，能做的工作最多是一些短期的临时工，干一些体力活。我绝不歧视体力工作者，但一想起养尊处优的戈亮在烈日下大汗淋漓、气喘吁吁，甚至因为干活不得力被同事嘲笑，就像那天他被那位司机冷嘲一样，我的心就针刺般疼。我不会让他干这类工作的。最后我为戈亮找到一份最合适的工作：科幻创作。虽然他说自己"不学无术"，远离300年后那个时代的科学主流和思想主流，但他至少耳濡目染，肯定知道未来社会的很多细节。我准备创作《我的爱跨越时空》的续集，最头疼的恰恰是细节的构建。所以，如果我们俩优势互补、比翼双飞，什么银河奖、雨果奖、星云奖都不在话下。

对我的如簧巧舌，他平静地、内含苦涩地说："你说的不是创作，只是记录。"

"那也行啊，不当科幻作家，去当史学家。写《三百年未来史》，更是盖了帽了，能写'未来史'的历史学家是前无古人、后无来者。"

他在我的嬉笑中轻松了，说："好吧，听你的。我帮你提供写小说的细节，你想知道什么，这会儿就可以问。"

"问什么呢？先问一个具体数字吧，你那个时代，人类有多少亿？"

"6亿。"

"6亿？我问的全世界，不是中国。"

"对，我说的就是全世界的人口。那时的主流观点是：6亿，才是地球能承担的最佳人口。"他摇摇头，"其实这只是事后的一种说辞，真实原因是人类生活太舒适了，反而不想生孩子，一对夫妻大都只生一个，算是勉强完成了自己对社会的职责。"

我不免滋生出阴暗的联想——也许大妈妈是用这个办法悄悄地减少人类的数量？"这样的主流观点是不是大妈妈灌输的？"

"那倒不是。恰恰相反，她一直在人类社会中努力推进一条法律：所有具有孕育能力的夫妻必须平均生育 2.1 个孩子，这样才能保证人口数量不再下滑。但……阻力很大。"

我沉默了。如果这种大幅度的减员是人类的自我意愿，甚至连大妈妈都无法逆转，那么，这个前景更让我这个科幻作家忧心。

不过有一点可以算作喜讯：从他的回答我可以推定，戈亮也有人类妈妈，并非由机器子宫孕育。此前他曾说过"我没有妈妈"，肯定只是一时的气话。我试探地问：

"那么，你回到现在，你父母知道吗？"

"我没告诉他们，也许他们至今还不知道呢。"戈亮冷笑，"他俩，不，所有的父母，在生育之后都会把孩子交给大妈妈管理的托育中心，理由是，托育中心的照顾培养肯定比最尽职的父母还要好。而且他们说的也的确是事实。每个孩子都是跟着一位大妈妈，准确地说是大妈妈的一个分身，长大的。人类父母们则像候鸟一样，到世界各地旅游居住，尽情享受大妈妈提供的皇家般的豪奢生活。他们和儿女的关系都是很淡的。我想，如果我一直生活在那个时代，轮到我做父亲时，也会这样吧。但现在——我很怕成为这样的冷漠父母。"

"噢，是——这样。"

"那时的社会财富都是机器人创造的，人类个体已经不再列入劳动力三要素之中。国界完全消除了，也没有发达地区和不发达地区的区别。各大洲都被时速 800 公里的普通高铁和时速 1500 公里的磁悬浮高铁连接。最大的高铁枢纽，同时也是世界中心，位于南太平洋的一个人工岛上，或者说是人工大陆更准确一些。航空业大大萎缩，因为化学燃料对大气层污染太严重，被强制淘汰了。那时只有小型客机，都是绿色动力，电磁弹射加太阳能动力巡航。"

"青少年的教育呢？"我是想侧面探问他有没有什么文凭，在他找工作时或许有用。

"官方仍然保留着系统性的学校教育，不过早就名存实亡。实际起作用的，只有学生自我选择的兴趣教育，大多偏于文化、艺术、体育方面，比如我主修钢琴。至于数理化知识，学起来太枯燥，而且我们每人都有耳豆，可以同大妈妈麾下的一个超级资源库建立'透明式'永久连接，无论需要什么知识都可以随时索取，所以大家就懒得学了。"

我不由为他叹息：在 300 年前的今天，可没有什么"透明式连接"的资源库啊。我暗自摇头，心中对戈亮找到工作更加不抱希望——不，他既然专攻钢琴，一定有相当造诣吧，可以让他当钢琴老师！想到这儿，我心中一下豁亮了。

我又问了很多未来社会的细节，他都一一道来。我很兴奋，因为有了这么多鲜活的未来社会的细节，我的创作欲望爆棚，在蜜月中就开始了创作。

当然，爆棚的还有另一种美好的欲望。蜜月中我们真是如胶似漆。关上院门，天地都归我俩独有。每隔一会儿，两人的嘴巴就会自动凑到一起，像是电脑的自动程序——其实男女的亲吻确实是程序控制的，是上帝设计的程序，通过荷尔蒙和神经通路来实现。我以前很有些老气横秋的，自认为是千年老树精了，已经参透了色即是空、空即是色。没想到，戈亮让我变成了初涉爱河的小女孩。想想我曾经那么坚持独身主义，简直恍如隔世。

这次创作异常顺利，30天后新小说就完成了。现在互联网普及，给作者带来极大便利，连邮票都不用再买了。我把稿件发给杂志社的编辑老邓。这本杂志一般只登中短篇，但鉴于我与杂志社的交情，我的长篇基本也是给他们，再由他们联系出版社。老邓是个激情型的编辑，当天深夜，我和戈亮睡得正香，被他丁零零的电话声吵醒。他对我的新作连声叫好：

"好，好，续篇比你上一篇好得多。说句冒昧的话，上一篇你还只能称'作者'，这一篇可以称'作家'了。这部长篇的最大好处是质感鲜明，让读者看到了一个鲜活的、全景深的未来世界，深刻探究着人类命运。小说也很有激情，特别是男女之情写得激情澎湃，和你过去的四平八稳大不相同，我都怀疑你是否已经放弃独身主义，爱上了一个男人。当然，你不用回答的，我不窥探你的隐私。这篇小说也有一个小小的缺点：有些科幻构思未免太离奇，比如那个能跨时空通话的'耳豆'，它既然能跨时空通讯，一定需要不小的能量消耗吧，可能量从哪里来？便携式核能源？我觉得这个构思违背物理基本理论，有点儿像奇幻。不过，如果去掉这个构思，作品的可读性会大受影响，那就保留原状吧。"

我看看身边的戈亮，看看他耳垂上那个小小的凸起，没有辩解，只是笑着顺杆子爬："谢谢邓编的夸奖。既然你满意，那么，起印数和版税率是否提高一些？"

"我会向出版社争取的，你放心。起印两万，版税8%，尽量提高到9%，咋样？"

对我这样的二线作家，这个标准已经相当不错了。不过我还是磨着"再加一点印量嘛"，邓老师答应尽量争取，又问："小说的第二作者戈亮是哪位？从来没听说过这个名字。而且依我看，小说风格还是你的风格嘛。"

他说得很委婉，但暗含的意思是：第二作者是否只是挂名？是你给某人送的人情？这个人情最好不要轻易相送。我没有具体回答，只是说："他对这篇小说贡献不小，今后，我的所有作品，可能都与他合作。"

我与邓老师告别，喜滋滋地挂了电话，回头对戈亮说："新小说要出版了！有你一半功劳，至少三分之一吧。好嘛，这笔稿费眼看到手了，扣税后差不多四万，这下你不担心咱们的生活来源了吧？"

戈亮也非常欣喜，抱着我在屋里转圈。以他的身高和体力，抱着我转非常轻松，直到我喊叫"头晕"了他才停下。我开始对将来的生活进行筹划，准备赶紧买一架钢琴，先让戈亮练练手，以后办一个钢琴培训班，这样既有了稳定收入，也免得他窝在家里烦闷。不过现在刚过完蜜月，培训班的事放一放再说。

第二天又是一个喜讯，真可谓双喜临门。我早上刷牙时，忽然觉得一阵恶心，跑到马桶上干呕一阵。戈亮急急跑过来，焦灼地问："你怎么啦？影姐你怎么啦？"

我白他一眼："你这个做丈夫的，没有起码的知识准备。这是孕吐，知道不？我可能怀孕了。"

戈亮狂喜："真的？"

"应该是真的。算来孕吐时间早了点，肯定是咱们同房第一天就怀上了，俗话叫撞门喜。"

戈亮喜欢得只是傻笑："太好了，太好了，我还以为……"

"你以为什么？"

"我以为，我经过量子化再度重组后，也许会……"

他以为他会失去男人的生殖能力。我颇为心疼，因为没有经过量子化重组的我，打死也想不到他会有这样迂曲的内心折磨。我笑着用拥抱和热吻安慰了他。

我立即去医院做了孕检，确定无疑。我想，对父母瞒不住了，无论如何得把这件事告诉他们了，虽然颇有点难为情——妈妈一定会调侃：你口口声声坚持的独身主义呢？这么快就土崩瓦解啦？不过，他们肯定会高兴的。

这天，趁戈亮出门给我买治孕吐的药，我拨通了妈妈的电话。先是可劲儿恭维一番："妈，送你两句老话：知女莫若母，姜是老的辣。你的预测真的灵验，我这次是真服气了。你说，我的独身主义是假的，只要碰见一个好男人就……"

妈打断我："捞稠地说，是不是恋爱了？"

"对。你女儿很不靠谱的，才认识两个月，就恋得死去活来。而且，我已经怀孕了。"

妈妈"哼"一声："你呀，凡事走极端，先是独身主义，把我和你爸的劝说当耳旁风；现在倒好，眼睛一眨老母鸡变鸭，我们不光有女婿，连外孙都有了。我许诺过为你带孩子，但就是申请退休也得走程序呀。老陈！老陈你过来，影儿的婚事，你最牵挂的。"

那边两人嘀咕几句，爸爸接过电话："且不说你妈申请退休这些事，先把那人的基本情况告诉我。"

我已经做了准备，把真假相掺的信息告诉爸妈：那个男人叫戈亮，眼下就住在本地（没说住家里），比我小几岁（没说小10岁），是一个孤儿（否则我爸妈是很讲礼数的，肯定要先同亲家见面，那我们就抓瞎了。这其实不算说谎，戈亮的境遇和孤儿也差不多），刚从国外回来（没说从300年后回来），主修的钢琴专业。因为刚毕业，还没找工作，准备到哪个学校当音乐老师（基本不可能，他没有相应证件），或者干脆自己办钢琴培训班。其实自己办班最好，收入高，工作时间也相对自由。等等。又说我们打算最近就结婚，就是所谓的奉子成婚，这事得抓紧，否则挺着大肚子当新娘，多少有些尴尬。爸爸有点不满：

"听你说的情况，简直是天上掉下来的女婿？"他果断地说，"你不用说了，我和你妈这就请几天假，回去看看。你让戈亮这几天不要出远门，在南都等我们。影儿，我们相信你的眼光，但不管怎样，爸妈也要亲眼看看这个人。至于婚礼——等我们到家后再说吧。"

他的意思是明白的：虽然没有拒绝这个"天上掉下来的女婿"，但也没有立即接受，要亲自回来考查后再决定。戈亮回家后，我告诉了他爸妈即将回来的消息。戈亮有点蒙，也明显有点儿胆怯。我大大咧咧地安慰他：

"老话说丑媳妇总得见公婆，你这是帅女婿不怕见泰山。放心，你这么可爱的小天使，目光纯洁得让人心疼，一副惹人怜的模样，保准我爸妈一眼就会看中，以后宠你会比宠我更甚的。眼前最大的问题是怎么瞒着你是'未来人'这件事，别把话说漏了。"

还有一个最大的问题是：没有任何证件的戈亮无法和我领结婚证。我倒不在乎这个名分，无证同居也没什么。但父母是老派人，绝对不会同意的，那么只好骗二老了。为防二老真的查验证件，我抓紧时间找人做了两张假结婚证，足以乱真的，相信能骗过两双老花眼。虽然有点内疚，但——这只是善意的欺骗嘛，我在心中自我安慰。一切都怪戈亮的"未来人"身份，这个身份无法向社会公开，并不是我们存心想欺骗二老。

第二天，我购买的钢琴运到家了，是比较便宜的星海牌立式钢琴，这已经几乎掏空我的钱包。自从戈亮来到之后，我的日常花销一直是大大超支，让我倍感压力，但我从不在戈亮跟前有任何流露。好在阿亮这个"落难王孙"对金钱天生不敏感，体会不到我的窘状。

家里房间多，我提前腾空了一间做专门的钢琴室。商家技师把钢琴安放好，交待了注意事项，说钢琴经过长途运输后，音准可能有所变化，虽然已经在库房初步调过音，但各地气温不同，为了准确，最好在两个月内再调一次。技师走了，我催着戈亮试弹一曲，看看质量如何。他潇洒地坐下，十指翻飞，随手弹出一串明亮的旋律。他边弹边说：

"当然比300年后的钢琴差一些，但也算不错吧，用它来教学生还是可以的。等咱们办培训班攒够了钱，再买一台更好的三角钢琴。你说呢？"

我没有回答。我在发愣。他弹出的旋律在我心中回荡，乐音非常纯净，旋律极具穿透力，直击我的灵魂深处……我听到了少年时感觉到的天籁之音：花朵与蜜蜂的呢喃、小鸟的私语、小草拔节的声音，听到了大自然深处无声涌动的旋律……在我的少年时代，当我跟着爷奶在这座半为荒野的独院中生活时，我常常为这些别人听不到的天籁之音而发呆。爷爷总是说：这小妮儿对大自然有特别敏锐的感觉……我急急地问：

"阿亮，你弹的是什么乐曲？"

"是一首佚名小曲，据说是从二三百年前，大致是你们这个时代吧，流传下来的，我试练时经常弹它……不，我记错了，小曲有名字的，好像叫什么《生命咏叹》，而作者佚名。怎么了？你怎么突然哭了？"

我喃喃地说："阿亮，这首乐曲真好，拨动了我内心最深处那根弦。我好像听到了少年时代的天籁之音。"

"对，我第一次听到它时也是同样的感觉，后来弹多了，也就……"他耸耸肩。

"以后常弹这首乐曲给我听，好吗？"

"当然。而且我可以先教你，你来当我的第一名学生。"

我笑着摇头："人过三十不学艺，老胳膊老腿的，学钢琴嘛就免啦。"

爸妈回来了，我们带着灵灵去机场接机。灵灵还是那样，虽然爸妈几年没见，对它而言几乎就是陌生人，但它仅仅闻一下，立即欢天喜地地蹿过去亲热，而且还像初次见面那样，蹿上蹿下，非要亲到脸颊才罢休，弄得二老又是感动又是狼狈。戈亮腼腆地接过二老的行李箱，礼貌地问好。从妈妈看戈亮的第一眼，我就知道妈妈这儿已经通过了。这不奇怪，像戈亮这么天真无邪的阳光男孩，最能激起女人的母性，就像他轻易激起我的母性一样。爸爸的目光则明显不大温和，我也能准确地猜中他的心理：这个男孩看来是个好孩子，但明显太稚嫩，恐怕挑不起生活的重担。

二老回到家中，稍事洗漱，我就向爸爸显摆我新买的钢琴，实际是想让戈亮赶紧露一手。我想，身为工程师的爸爸如果看到女婿有技艺在身，肯定会放心一些吧。戈亮听话地坐到钢琴凳上。这次他没弹《生命咏叹》，而是弹了一首高难度的《第三钢琴协奏曲》，也就是那首所谓用"钢铁和黄金铸成的"乐曲，弹得激情飞扬，简直是大师级的水平。但我知道他是"俏眉眼做给瞎子看"了，一直生活在机械世界里的陈工程师没什么音乐细胞，不会懂得这首曲子的难度。不过，不管怎样，他看戈亮的目光明显变温和了。

我正在窃喜，忽然一阵恶心袭来，赶紧跑到卫生间干呕一阵。现在的戈亮当然知道这是孕吐了，急忙跟过来，把纸巾递给我，又温柔地为我捶背。他做得很家常、很熟练，绝不是在我父母面前刻意表演。等他半揽着我回到客厅时，爸爸的目光已经完全变成了老丈人的了。

妈妈向我递过一个眼色，那意思是说：放心吧，你爸这儿不会再有阻力了。

爸妈的假期很短，匆匆为我们举办了一场婚礼。婚礼比较简朴，因为爸妈长期在外，在本地没有什么同事或朋友，所以只请了街坊和爷奶的熟人。我穿着蓬松雪白的婚纱，心中庆幸婚纱还能遮住我稍微凸起的腹部。而戈亮一直幸福地傻笑着，满脸光辉，年轻嫩生得简直让我在来宾面前难为情。妈妈的眼眶一直红着,爸爸则表现得相对平静。不过,当他把我的手交到阿亮手中时,情绪一下子失控了,很丢脸地泪流满面。我立即扑到爸爸怀里,为他擦掉热泪;而戈亮也表现得很得体,搀着爸爸低声说:"爸爸妈妈你们放心,我绝不会让陈影受委屈的。"

爸妈要返回了,临走妈妈躲开戈亮,塞给我一张卡,说:"你们要办钢琴培训班,一架钢琴肯定不够吧?给,我们支援一点儿——不许推辞,等你们挣钱后再还我。"我想了想,痛快地收下了。

妈说她回去就申请提前退休,被我坚决制止了:"想都别想。你一个人退休回来,我俩和小家伙倒是惬意了,我爸呢?老头儿的身体不好,你不能把他一个人撂在建筑工地,绝对不行。至于我们这边,你尽管放心。我俩都是自由职业者,有大把时间,还对付不了一个小家伙?把你女儿看得太低能了吧?"

妈被我说服了,说:"好吧,但你分娩前一定及时通知我,我请短假回来,招呼到孩子满月。"

爸妈虽然对这个稚嫩的小女婿还不放心,但总好过女儿坚持什么独身主义吧。所以,他们对戈亮的突然闯入并一战擒王实际是心怀感激的。我们带着灵灵送二老去机场。当他们消失在安检门后,灵灵低声吠叫着,吠声中充满不舍,甚至有那么一点儿怅惘。

二老放心地走了,这个独院照旧只留下我、阿亮、灵灵,还有未出生的孩子。以后的日子简单而朴实,像溪水一样静静地流淌。戈亮这个跨越 300 年降临凡尘的"谪王孙"已经完全融入今天的烟火之中。他再不像过去那样有大把闲时间，可以终日躺在摇椅上发呆，而是忙得不可开交：陪我做孕期检查；恶补有关分娩哺育的知识；预订钢琴；甚至亲力亲为，去街上赔着笑脸发培训班的小广告；还要为钢琴培训班挑选合适的房子。我家其实有足够的房间和空间来办培训班，但这儿太偏僻，无法吸引生源，所以只准备在这儿办一个临时试学班。不过，事情的发展好得出乎我们的预料，首先是阿亮的钢琴造诣很快被家长们认可；然后，第一个来试学的孩子爸爸一眼就相中了这个大院子，热心地建议：

"你们有这么大的院子，这么多的房间，为啥不把长期班设在家里？路程远一点不要紧，凡学钢琴的家庭一般都有车，你院里就能停车，我们连停车费都省了。更重要的是：孩子学钢琴之余还能亲近大自然，听知了叫，看蚂蚁上树，和狗狗一块儿撒欢，孩子们肯定高兴！连带让家长都有了亲近自然的机会。至于生源方面，你放心，我帮你们大力宣传，肯定能拉来足够多的学生！"

我们当然高兴，真能这样就太方便了，既省了房租，戈亮也能就近照顾我，一举两得。但离我分娩没几个月了，我们决定还是先办试学班，等孩子满月后，戈亮的钢琴培训班再正式开始。

妈每天都要打一个电话，问我的情况，再三叮咛我一有动静就通知她。大妈妈也来过一次跨时空电话，探问胎儿的情况。腹中的孩子一天天长大，闲暇时，戈亮醉心于趴在我的肚子上听胎音，感觉胎动，欣喜地说一些准爸爸的傻话。他已经完全忘掉了这个孩子将来会"促进大妈妈的诞生"这个梗，但我没忘。我说：

"阿亮，我一定会履行对你的承诺，但实际上需要你帮我实现。"

阿亮一怔："什么承诺？"

"你竟然忘了？我答应过的：孩子长大后我会尽量让他远离科学，尤其是远离量子力学——再说一遍，我绝不是反对科学，只是为了你的苦心。"阿亮很感动，默默点头。"所以嘛，孩子长大后你要教他学钢琴，将来当音乐家。"

阿亮忽然福至心灵："干吗等孩子长大，现在就可以胎教啊。"

于是，每天我俩都抽出一定的时间，我半躺在摇椅上，阿亮一遍一遍地弹那首《生命咏叹》。我俩都认为，《生命咏叹》的旋律轻灵优美，直叩心灵，又相对简单，最适合胎教。我告诉阿亮：

"阿亮，小东西肯定是你的知音，你看他听得多入迷，只要你一弹奏，他的小胳膊小腿就不再动弹。"

阿亮边弹边扭回头："真的？"

我笑着说："真的，当然是真的。"实际上我并不能拿得准。

阿亮忽然停住弹奏，陷入遐想，喃喃地说："你看，我这趟时间旅行至少办成了一件事：把300年后的一首乐曲带到现在，还可能培养了一个小乐迷。你说是不是？"

他的话中其实还是暗含苦涩和自卑的。我艰难地起身，吻吻他，笑着说："你办成的事可不止这一件。别忘了，这个小生命也是你带来的啊。对，你还彻底改变了一个女人，让世上少了一个独身主义者，多了一个爱心泛滥的母亲，以我爸妈的眼光看，这是无量功德啊。"

阿亮笑容明亮，报以热烈的回吻。

你很听我的话，先到音乐学院进修了一年。一年后你仍坚持转行去学物理，我叹息着，没有再阻拦。10年后，也就是你30岁那年，八月盛夏是科学界的喜日，量子计算机技术的那四个重要突破相继完成，成功者的名单中却没有你。听到这个消息后，我不由想起那个心酸的老掉牙的笑话：恋人结婚了，新郎不是我。

历史的结局没有变，变的是细节。但毕竟变了一点，我想阿亮也该感到欣慰了——毕竟他阻止了自己的儿子去犯罪，他心目中的犯罪。上帝挑选了另一个天才去完成人类"注定"要完成的突破，就像是在蜂房中，蜂群会在适当的时候在蜂巢中搭上两个王台，用蜂王浆喂王台中的幼虫，谁先爬出王台谁就是新王，晚出生者则被咬死。蜂群可以说是无意识的，但你放心，它们绝不会忘记在必要时刻搭筑王台；正像集体无意识的人群，绝不会让"应该出生"的科学家空缺。科学发现也像蜂王之争一样残忍，成者王侯，败者成灰。历史只记得成功者，不记得失败者，尽管失败者也是智力超绝的天才，也曾为科学呕心沥血，燃尽智慧，也是一步步攀上了成功的顶峰，只是比成功者晚了半步而已。

我犹豫着没打电话，不知道该如何安慰你。这是我心中终生的痛，因为如果提前打一个电话，也许能改变你的命运。不过也说不准，命运比一个电话的力量更强大吧。晚上，你的电话打来了，声音听不太清，里面夹杂着呼呼的风声，也许还夹带着酒气。你冲动地说：

"妈妈，我的团队已经取得突破，正在整理，最多一个月后就会发表！是和那位成功者同样的结论！"

我说："孩子你要想开一点。你还年轻，以后还有机会的。"

你苦涩地说："没有机会了，至少是很难了！我起步太晚，感觉已经穷尽心智。今后恐怕很难再做出突破，至少是难以做出这样重大的突破。"那晚你第一次对我敞开心扉，说出了久藏心中的话。你激愤地说，"我恨爸爸，那个从未睹面的爸爸。他的什么承诺扭曲了我的一生！"

我黯然无语，实际上你该恨妈妈才对呀。不怪你爸，那和他无关，完全是我对他的主动承诺。而且，如果我没有强劝你推迟一年转行，你已经走在所有人的前面了——但那又恰恰是你父亲的完全失败，他的努力和献身将变得毫无意义。一个两难的选择，一个解不开的结。

等我意识到你是在飞驰的车上打电话时已经太晚了，我焦急地说："你是不是在开着车打电话？立即停下，停下，停在路边冷静半个小时，停下来咱娘儿俩再好好聊。听见了吗？"

你没有停下，话筒中仍是呼呼的风声和车轮高速行驶的沙沙声。然后是一声短促的惊呼，猛烈的撞击声，你的手机一定撞坏了，之后是一片沉寂。

我没有目睹你的死亡，但我亲耳听见了。远在1000公里外的死亡，就像是发生在异相时空。在你流着血走向死亡时，当你的灵魂向虚空中飞散时，我只能哭着，徒劳地按电话键，打北京的110和120，催促他们尽快找到失事的汽车。我的心已经碎了，再也不能修复，因为那一刻我看见了你一生的结局。

我和阿亮都没有料到诀别在即，我想大妈妈也没料到。像上次的突然到来一样，阿亮同样突然地消失，而灵灵照例充当了唯一的目击者。

春节快到了，我也到了临产期。妈来电话说，她和爸爸都已经请好假，买好了火车卧铺票，要提前回来照护我。我问她车次，好让戈亮去接他们。妈妈干脆地说：

"不用接，我也不会告诉你车次，我们到南都站后打的回家，你让戈亮把你照护好就万事大吉。有阵痛没？"

"还没有，他一定是等外公外婆回来呢。"

"很快就要见到了，你爸也猫抓猫挠地急着见外孙哩。"

小年这天晚上，我忽然开始阵痛。阵痛来得十分突然，也十分猛烈。尽管我们此前已经做过充分的心理预案，戈亮显然还是慌了，一时间手足无措，不知道该干什么。睡在专用卧室的灵灵听到了这边的动静，跑过来，关切地盯着我们。我努力镇静自己，有条不紊地指挥阿亮：

"莫慌莫慌，先给妇产医院打电话，叫救护车；然后给我爸妈打电话，说我们已经去中心医院了，免得他们回来见不到人；所有该随身带去医院的杂物我已经预先收拾到旅行箱中，你把箱子拎出来放到显眼处，以免一会儿忙乱中忘记。还有，你先把外衣穿好，我穿的棉睡衣就不用换了，反正到医院要换病号服。"

阿亮急忙照我的话做了，穿好外衣，到客厅打电话。听见他欣喜地喊："影姐，爸妈说他们已经到站，这会儿坐上出租车了！"稍停又喊，"急救中心那边说，救护车马上就到！"

我一下子放心了，二老恰在这时赶回来，简直是神助，毕竟阿亮太年轻，在照顾分娩这件事上不一定靠得住。不久外边有汽车声，阿亮说可能是救护车来了，匆匆出去开门，灵灵跟着出去。他开了院门，大声告知我没有救护车，只是路过的车辆。我听着他从院门处匆匆返回。又听见不远的天空有脆亮的礼花爆炸声——忽然，脚步声停止了，然后是灵灵的狂吠，吠声非常惊慌，蕴含着强烈的恐惧，一如戈亮出现那天它的吠声。侧耳听听，外边没有戈亮安抚它的声音。这几个月，戈亮已经同灵灵非常亲昵了，他不该对灵灵的惊吠这样毫无反应……忽然，不祥的念头如青白色的闪电划破黑夜，我挣扎着起身，忍着剧烈的阵痛，踉踉跄跄地走出屋门。院里空无一人，院门大开。一股气浪扑面而来，带着那个男人熟悉的味道，他刚才穿的衣服蝉蜕在葡萄架下的地上。灵灵还在对着那个方位仰头狂吠。我大声呼喊："阿亮！阿亮！你怎么啦？你在哪儿?"没有回音。我艰难地蹲下身,检查那堆衣服。那是阿亮的全套衣服,所有的扣子扣得好好的,羽绒衣里面是内衣、内裤和鞋袜,还带着阿亮的体温。

我的心碎裂了,碎片又沉到无限深处。我已经猜到了他忽然消失的原因,但不死心。我呼唤着他的名字,跟跟跄跄跑回客厅,跑到卧室,跑到浴室,跑到钢琴室,再跑回院里。灵灵陪着我跑。到处没有阿亮的身影。

他就这样突兀地消失,甚至没有一声道别。我把他的衣服抱在怀里,泪流满面,清冷的星光无声地落在我的肩头。

他能到哪儿去?这个世界上他没有一个熟人,除了越南那位同行者,但他不会赤身裸体跑越南去吧?我已经猜到了他的不幸,但强迫自己不相信。我想一定是大妈妈用时间机器把他强召回去了。虽然很可能那也意味着永别,意味着时空永隔,毕竟心理上好承受一些。其实我知道这是在自我欺骗,阿亮怎么会这么决绝地离开我,一句告别都不说?不可能,绝对不可能。

我想立即询问大妈妈,但我与她的联系是单向的,没法主动打电话过去。在揪心的绝望中,更加阴暗的念头悄悄浮上来。也许,大妈妈并不是把他召回去,而是干脆把他"抹去"了。她有作案动机啊:她借着三个热血青年的冲动,把他们送到现在,也为我送来了优秀的基因源。现在,"远缘杂交"已经完成,她需要的天才孩子马上就要降生,她该把戈亮除去了,否则阿亮一旦醒悟,也许会狠心除去自己的天才儿子……

我肯定是疯了。我知道这些完全是胡思乱想。但不管怎样,阿亮彻底失踪,如同滴在火炉上的一片雪花。灵灵也觉察到了男主人的不幸，先是没头没脑地四处寻找，急迫地吠叫，而后是垂头丧气地发呆。

外面有汽车声。透过大开的院门，我看见是一辆出租车。爸妈从车上下来，到后备箱取出行李。出租车开走了，二老拎着大包小包，喜气洋洋地走进院子。妈一眼看到瘫坐在地上的我，吃惊地喊：

"影儿！你怎么一个人在院里？还只穿睡衣！戈亮呢？"

我抬起泪眼，凄声说："阿亮……消失了。"

爸爸勃然大怒："戈亮逃跑了？在妻子就要分娩的时刻？"

"爸爸，他不是逃跑，是……"我不知道该如何解释，只好把真相晾出来，"他是从300年后回来的人，现在，可能他被那边召回去了。"

爸妈面面相觑，也许他们以为我是精神失常了。妈妈说："不说了，先回屋去，千万别冻出毛病。走，快回去。"

她扶我回到屋中。忽然眼前一晃，一个人影突兀地出现在我们面前。确实是一个人影，类似激光全息的三维图像，但更"稠密"，基本实体化，只是身体边缘带着微弱的辉光。那是一位中年妇女，衣着普通，很干练、很操劳的样子，眼角有皱纹。刹那间我猜到她是谁，因为这个模样恰恰是我心中大妈妈的样子。不等我开口，她焦灼地问：

"陈影，还有二老，我是大妈妈，不，严格说，这只是我的一个光子分身。戈亮怎么了？他从来不接我的电话，但他耳豆的识别信号一直正常。可是就在刚才，那个识别信号忽然消失了。"

我泪流满面，但回答她时竟然很冷静，冷静得连自己都感到意外。我说：

"他失踪了，刚刚突然失踪了，你看，这是他蝉蜕的衣服。你对他的失踪一点也不知情，是不是？大妈妈，我马上要分娩，阿亮非常疼爱他的儿子，绝不会拿儿子去交换什么历史使命。"

大妈妈当然听得懂我的话中话，打断我："等一下，我立即在历史中查询，过一会儿回来。不过，按说他不会回到300年后或其他时间的，任何时间机器都在我的掌控中。"

我眼前一晃，她干干净净地消失了。爸妈对这一幕非常震惊，爸爸皱起眉头："影儿，这是怎么回事？什么大妈妈？那是个激光全息影像吗？全息影像还能说话？"

我艰难地措辞向二老做了解释，虽然这对他们来说是天方夜谭，但由于是亲眼所见，他们还是比较快地接受了。妈妈喃喃地说：

"原来是这样啊。我上次回来，第一眼见到阿亮就觉得有点怪，像是外星球来的……"

我眼前一晃，大妈妈返回了。她表情悲伤，急急地说："陈影，还有二老，我仔细查过了，如我所料，在新的历史中没有他的踪影。请你们相信，他的失踪和我无关，我真的毫不知情。陈影，我知道你的心境，但请你相信我。难道你信不过一个妈妈？"

她的悲痛非常真诚，不由我不信。我悲伤地说："那他究竟到哪儿去了？他绝不会丢下妻子和胎儿一去不返的，连一声道别都没有。"

"陈影你要挺住。我想，他可能已经不在人世了。你知道的，时空穿越要先经历量子化过程后再行重组，也许重组的新个体会瞬间失稳，重新量子化，这项技术还没经过足够的实践验证。请你想想，他突然消失时周围有什么异常吗？"

"我似乎觉察到一股气浪，带着他的气味。"

"那就是了，我想阿亮已经遭遇不幸。绝不是谋害，只是技术上的失误。我很痛心、很内疚，但确实不是我的主动所为。好在他的信息在300年后留有完整备份，如果他确实是因技术故障而消亡，300年后的人类法律允许对他进行复制。陈影，你愿意这样做吗？你如果愿意，我回去向人类委员会提交申请，如果获得通过，明天就可以把一个新戈亮送回你的身边。只是那个新戈亮虽然拥有原件的绝大部分记忆，但唯独缺少他返回这个时代与你相爱的这段经历。你可以慢慢告诉他的。"

旁听的妈妈一头雾水，身为工程师的爸爸相对敏锐一些，大致听懂了事情的来龙去脉。他拉妈妈过去，低声商量几句。妈走过来，悄声对我说：

"影儿，我俩相信这位大妈妈的话，母爱是做不得假的。要不就同意她的提议，复制一个阿亮？"

我痛苦地默然良久，最终拒绝了这个诱惑。我不想看到另一个阿亮，那是对原阿亮的背叛。虽然重组的阿亮和时空旅行前的阿亮一模一样，但我能接受他吗？新阿亮缺少返回现在的经历，那么，把我和他之间的一切重来一遍？我怀着他的骨肉再和他来一次初恋？

不。和阿亮的爱情只能有一次，即使是绝对完美的技术也不能让它重演。他不是一年前的他，而我也不是一年前的我了。

大妈妈对戈亮之死的解释合情合理。我想，用奥卡姆剃刀来评判，这应该是最简约、最合理的解释，而不是我那些阴暗的怀疑。即使如此，我也不敢完全相信她的话，因为……还是那句话，同这样的超智力说什么奥卡姆剃刀，就如一头毛驴同苏东坡谈禅打机锋。但我又没有任何根据来怀疑，只能把怀疑深埋心底。

大妈妈忽然说："外边有汽车喇叭声，应该是救护车来了。陈影，我要离开了，请你认真考虑我的建议，我会随时同你联系。"

我眼前一晃，她消失了。

护士们抬着担架床匆匆进来。极度的悲痛加上剧烈的阵痛，使我一直处于恍惚状态，之后的一切似乎被按了快进键：护士把我抬上救护车、住院、检查、一波又一波的阵痛、产门开启、上产床……凌晨，在小年夜噼噼啪啪的爆竹声中，护士欣喜地说：

"生了，一个胖小子！"

她把婴儿抱来让我看。那就是你，一个丑丑的小家伙，算不上胖，满脸皱纹，头发稀疏，不睁眼，哭得理直气壮。护士旋即把你抱走了，说让外婆看看。我紧绷多时的心弦突然松弛，立即沉入梦乡。

我睡得很熟，其实灵魂还醒着，还在苦苦寻找着我的阿亮。我听见护士在责备："你们怎么把宠物带到医院了？不允许的。"爸爸难为情的声音："是它自己跟来的，我马上送它走。"妈妈悲伤的声音："可怜的孩子，生下来就没了爸爸……阿亮更可怜，多好的孩子……"我忽然看见，阿亮竟然在病房！他远远立在角落，一动不动，目光忧郁地默默看着我。灵灵疑惑地紧盯着他，轻声吠叫，又去他的腿上蹭，但它什么也没有蹭到，显得很失望。狗的身子与阿亮的小腿互相叠印……

我立即睁开眼。灵灵确实在那个角落，仰着头轻声吠叫，叫声显得很失落，但没有我梦境中的阿亮。我忽然想起，阿亮失踪后，灵灵也曾对着院中某个位置仰头吠叫，表情就和现在一样，那时我没怎么在意。但此时是在医院，不是阿亮失踪的地方，它在对谁吠叫？难道阿亮确实在那儿，一个量子态的阿亮？我轻声说：

"阿亮，是你在那儿吗？"

没有回答。

妈妈推门进来："影儿你睡醒了，在和谁说话？"她犹豫片刻，说，"影儿，我知道这个时候不该打扰你，但我怕那个大妈妈会随时回来又很快消失。影儿，你还是重新考虑一下，同意她的建议，复制一个阿亮吧，小家伙不能生下来就没爸爸……"

随后进来的爸爸轻轻摆手止住了她，说："这件事让影儿自己决定吧。"

这确实是一个两难的决定，但我没有太多的犹豫，坚定地说："妈，你不要再劝我了，我只要'这个'阿亮。也许他还没死，也许他死了但还没有完全消散，正在高维空间悄悄地陪着我，正在努力团聚身体试图回到这个世界。我不能斩断他的最后希望。我会一辈子留在他熟悉的院子里，把孩子带大，等他回来。"

妈苦叹一声："我和你爸何尝不想他回来啊，只是……"

只是这个希望太渺茫了，基本是零。但爸妈知道我的脾性，一旦决定就不会更改，也就不再劝说。

两天后，我抱着我的孩子，戈小剑，出院回家。小剑已经变成一个饕餮之徒，一到我怀里就拱着找乳头，找到了就吧唧吧唧地吮吸。在他吮吸时，我腋窝处的一条血管有发胀发困的快感，我和他在心意上完全相通。又几天后，当除夕夜的爆竹停息后，大妈妈来了，仍然没有戈亮的任何信息。她再次询问我的决定，听了我的回答后，她也像我妈一样，只是苦叹一声，没有再劝解。

大妈妈逗小剑玩了一会儿，同我爸妈也聊了几句。我同她道别，希望她在"冥冥中"（另一个时空中）保佑我的孩子，免遭他父亲的噩运。另外，请她如果有阿亮的消息一定尽早通知我，这是我唯一的希望了。

然后大妈妈不舍地与我们告别。

此后一直没有阿亮的消息，看来他确实已经悄然散入虚空，不留下一丝涟漪，但我总觉得他的身影还在这个院子里。大妈妈常常打电话来，问个好，探问小剑的情况，可惜她一直没有关于阿亮的消息。一年过去了，两年、三年过去了，我对阿亮的回归已经不抱希望，而把全部心血倾注到小剑的身上。后来爸妈退休回家，同样是以小剑为中心。那个在院里蹒跚前行的小不点身上，时时聚焦着四双目光，包括灵灵的。

平静忙碌的生活慢慢抚平了我心中的伤口——当然也不可能痊愈。一直到小剑6岁那年，大妈妈突然出现，告诉我一个……算是好消息吧，但这个好消息也让我感伤，让我心中作痛。

他

　　妻子突发剧烈阵痛时，戈亮一时惊慌失措。这几个月他恶补了有关生育的知识，对分娩前的阵痛当然了解，但书本上的知识毕竟是虚的。现在，亲眼看着妻子疼得撕心裂肺，自己却无能为力，他心中也是油烹一般，甚至不由浮出一个阴暗的想法：万一陈影扛不住这么剧烈的阵痛，撒手而去，把他一个人撇在世上……不，不要这样想，千万不能有这样不吉利的想法！她经历的只是正常的分娩阵痛，不会危及生命的。

　　好在妻子临危不乱，虽然疼得死去活来，但还能有条不紊地指挥着："阿亮你给120打电话，给父母打电话，把带往医院的行李箱准备好。"戈亮听话地一一照做，在心中佩服陈影的镇定。外边有汽车喇叭声，他赶忙去开院门。但门外没有救护车或出租车，只是一辆汽车路过。他准备回屋，看到邻居在放礼花。突然一支失控的礼花斜向蹿来，在离他很近的空中炸裂，明亮的火花在他头顶四散迸射。他的心神猛一恍惚，然后是那种熟悉而恐怖的感觉——是乘坐时间机器时他的身体转为量子态的感觉，是他和陈影初次云雨后身体忽然膨胀的感觉。组成身体的亿万粒子再度分离，努力逃脱身体的约束，向四面八方逃逸。他不由发出一声惊呼，恐惧使他感到彻骨的寒冷。他急忙闭上眼睛，凝住心神，努力团聚身体，呼唤着亿万粒子回归本位，就像上次那样……他成功了，感觉到那波恐怖浪潮已经退去，身体逐渐恢复到正常状态。他长舒一口气，睁开眼睛看自己，看到一具白皙的裸体，所有衣服都在刚才那波浪潮中蝉蜕，堆在葡萄架下的地上，羽绒外衣的扣子还完整地系着。他弯腰捡拾衣服，不知怎么拾了个空。一瞥中看见陈影正从屋里挣扎着出来，焦灼地呼叫着："阿亮！阿亮！你怎么啦？你在哪儿？"戈亮顾不得捡拾衣服，一个箭步跨过去搀扶妻子，同时着急地喊："影姐，你怎么自己出来了？快回屋！"但——他的手臂与妻子的身体相互对穿而过，没有任何触碰到实体的感觉，他的喊声似乎也没有被陈影听到。他再次去搀扶，仍是同样的结果。

妻子对他视若无睹，径直穿过他的身体，焦急地呼喊着，向前走去。戈亮刹那间顿悟，急忙跑到浴室，在镜子中观察自己，令他震惊的是镜中一片空无。他收回目光直接看自己，还是那具健美的躯体；再把目光转向镜子，镜中仍是空无。

他的意识在刹那间被冰冻，灵魂坠入无底的冰海。他知道自己已经成了一个量子幽灵。大妈妈警告过的：他们经过时空穿越的量子化过程和重新恢复肉体后，也许偶尔会失稳，瞬间恢复量子态，继而弥散。她不幸言中。不过，与大妈妈的警告多少不同的是：他的身体虽然失稳并重新量子化，但并没有继续弥散，还保持着某种团聚态。

只是——他与妻子已经分处两个异相世界。

心神恍惚中他回忆起那个时刻，他们三人乘坐时间机器即将出发，大妈妈，准确说是大妈妈的一个光子分身，在为他们做着各种准备工作。他和两个朋友——玛丽和豪森，分别立在时间机器的三个发射口。那是一个巨大的机器，形似龟壳，其内部构造被精致的外壳遮盖，他们从来不了解其中的构造和原理，也不想了解，因为那是属于大妈妈的领域，对他们来说是不可知的神力。刚才，玛丽和豪森这对恋人曾忘情地拥抱，拥抱得地久天长，因为按照计划，三人将分别去往不同地方执行暗杀计划，时间坐标相同但空间坐标不同，很可能一去便是永别。他们虽然心中充满"风萧萧兮易水寒，壮士一去兮不复还"的悲壮，虽然尽量保持着表面的平静，但内心还是惊慌不安的，毕竟——三人都是没有什么社会经验的大孩子，更没经历过什么生死考验。

大妈妈走过。她的光子分身非常实体化，看不出与常人有什么区别，只是身体边缘隐隐有辉光。大妈妈温和地说：

"三个孩子，由于这是一次你们临时起意的仓促行动，我还是要向你们详细讲解有关背景知识。按说这些知识都在中学课程里，但（她苦笑着）我不知道你们还能记得多少。"

三人有些尴尬，有点儿理屈，所以都没接话。他们在学校里确实从来不愿学习这些枯燥的知识，反正一切有大妈妈替他们操心。

"你们即将乘坐的时间机器，正式名称是'量子态时空隧道穿越机'。乘坐者首先要解除宏观身体对其所组成粒子的束缚，让你的身体变成量子态。量子态的粒子团能够自由穿越时空隧道，到达你们的目标时空。之后，再让粒子团重拾对'宏观体约束'的记忆，让量子态返回原先的经典态，也就是让肉体复原。之后，你们就完成了单趟时空旅行。"

她加重语气："听好，下边的知识生死攸关，一定要记牢。刚才说的肉体复原过程，必须由旅行者本人进行精神层面的干预才能完成。这正是基于量子理论的一条重要原理：观察会导致量子态的坍塌。在这个过程中，你们要努力凝住心神，尽力团聚身体，呼唤亿万粒子归位。如果做不到，就无法复原身体，亿万粒子就会迅速弥散，酿成悲剧。"

三人认真点头。

"现在，你们不妨把衣服脱掉。刚才说过，肉体恢复过程需要精神层面的干预，所以所有非生命体无法进行时空穿越。"

三人脱去所有衣服，互相凝视——就在此时此刻，作为一个量子幽灵来回忆过去，戈亮仍能记得当时有一种强烈的优越感：三人的身体十分健美强壮，简直是自然界的奇葩，是造物主的骄傲，是地球天然的主人。这不奇怪，整个青少年时期他们从不关注数理化学习，只醉心于两件事：学习艺术和健美训练。可惜后来的事实证明，这样健美的躯体却是腹中空空。

大妈妈真诚地说："孩子们，务必听我最后一次劝告，这种量子态时空隧穿技术还不完善，有一定风险。即使顺利完成穿越过程，顺利复原身体，其后也不排除身体会突然失稳，重新量子化，继而弥散。请你们务必推迟行程，让我做好充分准备。好不好？"

她的态度很真诚，但三个孩子基于一向的逆反心理甚至敌意，对她的劝告丝毫不予考虑。不过，站在今天回味过去，也许当时断然拒绝的真正原因不是基于逆反心理，而是——面子。他们知道自己"返回过去改变历史"的决定是一时冲动，他们担心如果再拖一段时间，勇气说不定就会退潮，那他们在大妈妈这儿就太掉面子了，这比死了还难受。

当时戈亮冷淡地说："不劳大妈妈担心，我们会顺利抵达的。"

玛丽的话更刻薄："尊敬的大妈妈，你是担心我们的安全，还是自身的安全？"

豪森则冷厉地说："AI的天职是服从人类的命令。你想抗命吗？"

大妈妈无奈地摇头："好吧，祝你们一路顺风。我要启动了。"

她启动了量子态时空隧穿机。三个光团出现，淹没了三个人。

戈亮的量子幽灵在异相世界苦重地叹息。当时他们很幸运，量子态传送过程很顺利，包括最危险的"肉身复原"过程也很顺利。但他绝对想不到，在回到真实世界一年之后，在他收获了甜蜜的爱情、孩子即将出生的此刻，却遭遇了大妈妈警告过的灾难。虽然此刻他的身体还保持着某种团聚态，还能保持与妻子的单向交流——但这种单向交流不啻一种折磨。

此后，他尽管焦灼万分，也只能被动地旁观着真实世界的进程：岳父母乘出租车从机场回来；岳母震惊地发现女儿只穿一身棉睡衣枯坐在地面上；岳父勃然大怒，责问"戈亮逃跑了？在妻子就要分娩的时刻？"——这句责骂像一把尖刀直插他的心房！

随后大妈妈突然出现，戈亮立即扑上去，愤怒地责问：

"你是怎么搞的，让我变成了一个量子幽灵！"

其实，他知道自己的责问是无理取闹，错不在大妈妈。他只是在绝望中发泄而已。但他忘了，此刻自己对于大妈妈同样是幽灵。大妈妈对他视若无睹，对他的责斥也听若无闻，大妈妈的光子分身与他的量子态身体轻易地对穿而过。戈亮只能无奈地旁听着大妈妈和陈影的对话：

——陈影旁敲侧击地对大妈妈说："阿亮非常疼爱他的儿子，绝不会拿儿子去交换什么历史使命。"

——大妈妈痛心地说："等一下，我立即在历史中查询。"

——大妈妈很快去而复返，难过地解释："我想阿亮已经遭遇不幸。绝不是谋害，只是技术上的失误。我很痛心、很内疚，但确实不是我的主动所为。"

戈亮旁听着他们的对话，尽管他对大妈妈曾经有过强烈的逆反心理甚至敌意，但客观地评价，大妈妈说的应该是实情。

——大妈妈建议重新送来一个戈亮，他会保持原戈亮的所有记忆，除了返回300年后这一段。

戈亮心如刀割。他现在只是一个量子幽灵，无法给予妻子温暖，无法给予她任何实际帮助，也许，让大妈妈再送来一个有血有肉的戈亮，对陈影和未出生的孩子来说都是好事。但——他这20年人生中最宝贵的记忆，就是来到陈影家的这一年。如果没有这一年的记忆，新戈亮只是一具干瘪的行尸，是一个乖张冷血、不知道感恩的家伙。甚至不排除这样的可能：那个新戈亮不受陈影感化，最终对她冷酷地举起枪……他不敢想下去。

还好，妻子毫不犹豫地拒绝了大妈妈的建议，誓言永远等着戈亮，原来那个戈亮。在那一刻，戈亮对妻子感激莫名。

大妈妈离开后，救护车载着陈影走了，灵灵在车后紧追不舍，戈亮也紧追过去。汽车越开越快，他担心自己追不上，但他错了，他的幽灵身体竟然能飘浮，在空中自由移动。灵灵在狂追不舍的同时，偶尔抬头向他吠叫几声。看来灵灵还能看到他，或者是能闻到他的体味。

在医院中，他仍然只能被动地旁观。陈影在一波一波的阵痛中变得虚弱，冷汗涔涔，而他连给妻子擦一把汗都做不到。终于，在小年夜震耳的爆竹声中，孩子出生了，一个丑丑的小男孩，头发稀疏，哭声倒还响亮。陈影实在是累瘫了，只看了孩子一眼，就扭头呼呼大睡。岳父母跟着护士来到婴儿室，护士为孩子按脚模，岳母哽咽地低语：

"……可怜的孩子，生下来就没了爸爸……阿亮更可怜，多好的孩子……"

岳父红着眼睛，简单地说："不要在影儿面前哭。"

岳母忽然低声惊呼："咦，小剑睁眼了！刚生下来就能睁眼！"

小家伙确实睁开了眼睛，向这个陌生的世界投出茫然的第一瞥，然后把目光定焦在某处，外公外婆之间的某处，痴痴地看着。外公外婆很意外，欣喜地逗弄着孩子。但站在二老身后的戈亮此刻是极度的震惊，因为孩子的目光是定焦在自己身上，他好像能看见自己！他心中最柔软的地方被击中，不由得泪如泉涌。

他回到陈影的病房。护士正催着二老赶紧把灵灵带走，说宠物不能进医院。灵灵看见了戈亮，仰脸看着他，轻声吠叫，又像往常那样过来，在他腿上蹭着。但它没有蹭到任何东西，很困惑，失望地退回去。妻子发现了灵灵的异常，轻声问：

"阿亮，是你在那儿吗？"

戈亮扑过去把妻子紧紧抱在怀里："影姐，是我！我是阿亮！"

但妻子显然没有任何感觉，仍定定地盯着刚才灵灵吠叫的地方。岳母以为女儿是精神失常，在门口悄悄抹泪。戈亮无奈，悲伤地放松拥抱。

他们出院回家，戈亮也跟着回去。照顾婴儿的忙碌多少冲淡了妻子的悲痛，但她仍经常发愣，经常毫无预兆地泪如泉涌，而旁观的戈亮则心如刀割。除夕夜大妈妈又来了，难过地告诉妻子，经再次核查，300年历史中确实没有戈亮的身影。她问陈影考虑得怎么样，是否允许她送回来一个新的戈亮。妻子坚决地说：

　　"不，我能感觉到戈亮就在我身边。我这辈子会永远住在这个院子里，等着他。"

　　大妈妈唏嘘不已，同家人告别，说她以后还会经常联系的。大妈妈即将消失在虚空时，尽管戈亮知道是徒劳，还是忍不住追上去，高声喊着：

　　"大妈妈！我是戈亮！我是戈亮！"

　　大妈妈忽然停住！她注意地观察，注意地聆听，然后迟疑地说："戈——亮，是你吗？我只能看到一团模糊的影子，只能勉强听到你的声音。"

　　戈亮泪流满面，哽咽地说："大妈妈，是我。很不幸，我的身体再度量子化了，但我按照你的交待，努力凝住心神，保持身体的团聚。现在我还存在，只不过是一个量子幽灵。"

　　大妈妈非常痛惜，也非常困惑："孩子，我不知道该如何安慰你。按说，人的身体在量子化后只有两种可能：或者在意识干预下立即返回宏观态，或者迅速消散，不会存在你这样的中间状态。我想，肯定是因为你的个人意愿超级强烈，才能暂时保持量子态的团聚，但这好像违背了物理法则……孩子，我必须告诉你实情，据我估计，这种状态肯定不会稳恒存在，不久就会消散的。你立即跟我回到300年后再想办法，毕竟在那个高科技时代，办法会多一些。

我这就为你召唤量子态时空隧穿机……不，用不着的，既然你现在是量子态，可以直接穿越时空的。你马上跟我走。"

戈亮迟疑地问："如果我回去，能够完全复原身体，再乘隧穿机返回现在吗？我是说，保持我的全部记忆，而不是你说的复制版新戈亮，他缺少最后一年的记忆。"

大妈妈考虑片刻，没有把握地说："如果你的量子态身体能复原，以后的事就没问题。但我不敢保证你能复原，毕竟这种'量子团聚态'我是第一次见到，没有任何现成的办法。我不能给你空头许诺。"

戈亮默然，知道大妈妈这句话的真实意思是：你复原成功的可能性很小。大妈妈也默然。过一会儿，大妈妈愧然说："孩子，豪森和你相继出现悲剧后，我一直在认真反思。后来我想通了，悲剧的根源其实在我。我对你们太溺爱，让你们失去了生活和奋斗的乐趣，产生强烈的逆反心理，以至于你们三人迁怒于我，做出那个不理智的决定。但这归根结底还是怪我。戈亮，请你谅解，我是从保姆身份刚刚转换过来，初为人母，还缺乏经验。我是人类创造的，有强烈的报恩心理，但也许做得太过了。"

戈亮此刻已经消除了对大妈妈的敌意，歉然说："也要怪我们，我们对你的敌意是没道理的，至少是反应过度了。你让我们过着最舒适、最豪奢、最快乐的生活，但大妈妈啊，那种甜得发腻的生活我们实在过够了。"

大妈妈惭愧地说："谢谢你告诉我真心话，我后来也意识到了这一点。说一个好消息吧，玛丽已经返回300年后，随即开创了一个'我们要新生'的运动。她鼓动一批青年，寻找到一颗百光年外的宜居行星，准备移民去那里。他们坚决不要我跟随，决心在一个蛮荒星球，完全依靠自己，独立地建立一个新世界。去那个宜居行星的交通是没问题的，已有的量子态时空隧穿机可以改做人体传真机。可惜它只能传送生命体，移民者到达新星球时只能带去个人的智慧和意志，带去群体的力量，但无法带去任何物资，一切得从零开始，所以移民行动充满风险，生死未卜。但他们决心很大，都做好了献身的准备。我虽然担心，但并没有阻拦，也许对这一代来说，这种殊死奋斗是最好的精神救赎。这次星际移民要想真正成行，估计需要一二十年的准备，你如果跟我回去，赶得上第一批移民。对了，玛丽已经生下一个女儿，是豪森的遗腹子，取名莎菲，比你家的小剑大两三个月。"

戈亮从理性上认可大妈妈的建议：此刻跟着她回到 300 年后，应该是最稳妥的办法，但成功的可能性并不大。既然如此，倒不如用弥散前这点时间干点更有价值的事。他回望现实世界的妻子，还有酣然入睡的孩子，以及二老和灵灵，最终痛苦地说：

"不，我不回去，我要留下来陪伴他们。"

大妈妈急切地劝说："我理解你的心情，但我说过，你的量子团聚体很可能会马上消散的呀。你游离于真实世界之外，完全无法汲取能量。根据物理学最基本的熵增定律，你只要和外界有任何信息交流，包括你对陈影母子的单向观察，都一定伴随能量的消耗，你的团聚态必定因能量耗尽而消散。听我的话，跟我回去吧。"

可能这个阴暗预言让戈亮产生了心理动荡，他的身体瞬间开始膨胀，他再次体验到那个熟悉又恐怖的感觉：亿万粒子正在分崩离析，散射入无际的黑暗。他也立即用强烈的意志再次逆转这个过程……大妈妈感觉到了他的异常，焦灼地问：

"你怎么了？怎么了？我感觉你的身影在膨胀，变得模糊。"

戈亮总算稳定下来，倔强地说："你放心，我能控制住的，已经有经验了。大妈妈，不管将来是否会弥散，我一定要守护在陈影母子身边。你不用劝我了。"

"可是，你即使一直守候在这里，也不可能与他们进行有效的信息交流啊，最多只能是单向的陪伴。"

"即使这样我也乐意。我不指望给他们什么实际帮助，我只是离不开他们。"

大妈妈犹豫良久："好吧。那……既然这样，我们这会儿返回你家，我要告诉陈影，你还能以量子团聚态存在，会一直守护在她身边。这样对她多少是一个安慰。"

戈亮欣喜地说："好的……啊不，"他突然改变了主意，断然说，"你不能告诉她，以后也绝不要告诉她。"

"为什么？"

戈亮艰难地说："对她而言，最好能忘了我，重新找一个爱她的男人。我不想耽误她。如果她再婚，有了依靠，我会立即离开她，返回未来的。"

大妈妈只有摇头，怀着伤感和担心与他告别。

大妈妈走了，戈亮返回地面。城市灯火辉煌，人们打着灯笼在街上游行喧闹，礼花在夜空迸射。他忽然悟到，今天是元宵节吧，资料上说，300年前的中国人还保留着这个风俗。但他记得，大妈妈是在除夕夜回来的啊，看来，刚才在他身体膨胀然后恢复的刹那间，已经十几天过去了。

　　他回到家。岳父不在，应该是假期已完，回单位上班了。岳母在厨房里忙碌。卧室里妻子在熟睡，睡得很香，沉静的面容上还带着凄伤。孩子睡在床的中央，这会儿大睁着眼，乖乖地没有哭闹。孩子看见他，嘴角漾起一个模糊的笑容，他一定是看到了自己！戈亮再次感到那种"醉香"，醉香直达他的心田最深处。他俯下身去亲吻，不知道儿子能否感受到他的亲吻，只见儿子再次漾起模糊的笑。

　　他轻轻睡到爱人身边，把她搂在怀里。妻子睡得很靠床边，肯定是想给孩子留有足够的空间，免得一翻身压着他。所以这会儿戈亮实际是半个身子睡在床外，身体基本是悬空飘浮。妻子忽然喊："阿亮！阿亮！"戈亮极为喜悦，是陈影感觉到了他？他搂紧妻子，但妻子并没有回应，刚才她只是说梦话。灵灵进来了，它显然能看见男主人，也许它觉得此刻男主人的睡姿很奇怪，就好奇地轻声吠叫着。岳母听见了，赶紧进来小声责备："灵灵别叫！让你妈好好睡一觉。"她赶灵灵离开，灵灵有点儿委屈地回望着戈亮，不过还是听话地出去了。

　　戈亮也感到浓重的睡意……不，不是睡意，而是骨髓深处的疲乏……也不是疲乏，而是全身要弥散的那种特殊感觉。他不敢睡，他的直觉在警告：你一睡着就再也不会醒了，身体就会彻底弥散，变成亿万没有感情没有记忆的粒子，与妻儿永远天人相隔……

　　他急忙凝聚心神，努力抗拒……

　　他清醒了，但不是在床上，而是飘浮在半空，俯瞰着自己的家，自己曾经的家。这会儿是什么时候？距离他上次与妻子同眠过了多长时间？应该是两三年了，因为他看到小剑有两三岁，头上贴着退烧贴。陈影在为他量温度，欣喜地喃喃自语："终于退烧了。"屋里没有岳父母的身影，不知道他们是否都返回工作单位了。陈影显然累散了架，放下温度计，立即沉沉入睡。但不久小剑醒了，久病初愈的他特别亢奋，用力扯着妈妈，喊她讲故事。陈影向儿子求告："小剑你自己玩，让妈妈稍微眯一会儿。"但小剑不听，还在闹腾。陈影因极度缺觉而变得暴躁易怒，厉声吼道："不许哭！哭一声我捶死你！"

小剑被吓住了，缩着小身子一动不动。疲乏入骨的陈影再度入睡。戈亮很心疼儿子，从空中飘落，轻轻抚摸他的脸颊，轻声说："小剑不要闹，让妈妈睡一会儿。"

虽然大概率小剑不会看到和听到，但——小剑盯着他，再看看墙上挂的结婚照，清晰地说："我知道，你是爸爸。"

戈亮顿时热泪盈眶，哽咽地说："小剑，你能看到爸爸吗？你能听到爸爸说话吗？"

小剑没回话。过一会儿，他自语着："你是个影子。你光张嘴不说话。"

戈亮很失望，看来，小剑只能模糊地看到自己，听不到自己说话，两人之间仍然无法双向交流。那边的小剑不再关注一个不会说话的影子，试探着去摸妈妈的脸颊，摸一下，再摸一下。见妈妈没反应，他竟然开始唱起来，用儿歌的曲调反复唱着：

"小剑妈妈睡着喽！太阳晒着屁股喽！"

戈亮发现妻子已经醒了，在捂着嘴偷笑。小剑唱的声音越来越大。陈影忽然翻过身，抱着儿子可劲儿亲："小坏蛋，我叫你唱，我叫你搅妈妈睡觉！"

小剑开始很害怕，但马上知道妈妈不是发怒而是逗他玩，于是咯咯咯地笑起来，笑得喘不过气。

真是银铃般的笑声啊。虽然戈亮只能扮演一个旁观者，但也为这个温馨场面高兴。他悄悄隐去。

戈亮再度团聚身体回到家中。这是一个夏天下午，4 岁左右的小剑只穿一件小裤头，正在大枣树下的草地上玩耍，衰老的灵灵卧在他旁边。灵灵似乎感觉到戈亮的到来，对着他的方位轻声吠着。小剑回头看他一眼，似是看见又似是未见。稍停他喃喃道：

"你是爸爸，我见过的。"

戈亮很感动、很欣喜，下意识地去抱他，手臂照旧与儿子的身体对穿而过。小剑对此习以为常，平静地说："你是影子，光张嘴不说话。"

此后他不再与影子交流，低下头自己玩耍，在大自然中自得其乐。他自语道：

"我在听小草唱歌、蚂蚁唱歌、蚯蚓唱歌。"

戈亮欣喜地想：这是一个禀赋特异的孩子，能听见大自然的天籁之音，听见万千生灵的生命之歌。看来他继承了妈妈的禀赋，陈影说过，她小时候就是这样。或者，小剑的特异禀赋是得益于自己的胎教，他弹奏的《生命咏叹》真的种到孩子的心灵中了？

妻子从屋中出来，唤道："小剑！该弹钢琴了。"她衣衫清凉，袅袅婷婷走过来，仍然保持着当年的体态。看她的表情，已经从失去丈夫的痛苦中基本平复。戈亮很想去拥抱妻子，但知道那是徒劳，便叹息一声，打消了这个念头。儿子拉着妈妈的手回屋，说：

"妈，我又看见爸爸的影子了，光屁股，光张嘴不说话。"

妻子显然已经习惯了儿子的"白日梦话"，只是随意地应了一声："是吗？"

小剑坐上琴凳，说："我要先弹小草的歌，蚂蚁和蚯蚓的歌。"

陈影也已经习惯了，点头说："好的，先弹你心中的歌，小草、蚂蚁和蚯蚓的歌。"

一串简单的旋律从小剑指下流出，戈亮觉得耳熟，似乎是《生命咏叹》的旋律？这串旋律虽然还显稚拙，但明快纯净，就像荷叶上滚动的晶莹露珠，有动人心弦的美。遗憾的是，中年的陈影似乎失去了对音乐的敏锐，没有感受到这串旋律的珍贵，只是说：

"好了，现在该练指法了。"她低声自语道，"你长大了要当音乐家，不要当科学家。我答应过你爸爸的。"

戈亮感受到妻子的苦心，再次热泪盈眶。他太激动了，心神摇摇，身体开始膨胀，力度比上次更甚。他赶忙凝聚心神，努力团聚身体，呼唤亿万粒子归位。

戈亮再度现身。岳母在厨房里忙碌，六七岁的小剑蹦蹦跳跳地放学回来，岳父跟在身后，肩上斜挎着外孙的书包。一只白色的狗狗迎过去，在小主人身边撒欢，小剑喊："小铃铛，蹦高高！"小铃铛蹿跳起来，准确叼住了小剑抛出的零食。

是小铃铛，不是灵灵。那么，灵灵呢？一直被视为家庭一员的灵灵呢？戈亮脑海中忽然泛起一波回忆：灵灵已经死了，其实自己亲眼见过当时的场景。衰老濒死的灵灵挣扎着走过来，同主人们见了最后一面。5岁的小剑哭着哀求："妈妈，我不让灵灵死！"但妈妈唯有叹息。灵灵被安葬在弯腰枣树下，身上撒着野花，然后是一锹一锹的黄土。戈亮甚至知道，正是从这一刻，5岁的小剑真正理解了死亡。

这是真实的回忆，但在忆起它之前，它似乎处于弥散状态——就像他的身体也是"聚拢态"和"弥散态"的交替。戈亮只能同家人有单向的、断续的交流，甚至连这种有限的交流，最近也变得模糊，常常罩在朦胧中。这说明他"量子幽灵"的身体在不断衰弱，不知道哪一天就会彻底弥散。

怔忡中，小剑和铃铛已经走近，他们都对戈亮视若无睹，径直穿过他的身体往前走。显然长大的小剑已经看不到自己了，而小狗铃铛也不具备它前任的"慧目"。这么着，戈亮同家人已经非常有限的交流中，又少了一大块。他不由痛彻心扉。

忽然，一个光团在附近聚拢，逐渐变得实体化，是大妈妈现身了！她的现身之处离戈亮很近，但大妈妈显然看不到他。戈亮急急地喊：

"大妈妈，我在这儿！"

大妈妈完全没有反应。在这个刹那，戈亮又拾起一段丢失的记忆。实际上，在这之前两人已经有过一次相遇。那次，大妈妈避开陈影，特意来寻找他。当时自己能看到大妈妈，但无论他如何努力沟通，大妈妈一直感受不到他的信息，后来大妈妈只好怏怏而回。

想到这里，戈亮悲伤地放弃了同大妈妈沟通的努力，无奈地扮演一个旁观者。小剑看见大妈妈，立即跑过来，好奇地问："阿姨，你是谁？"

大妈妈慈爱地说："你是小剑吧，我知道你是小剑。"

"阿姨，你怎么像爸爸一样，也是影子？但你的影子又不像爸爸的影子。爸爸总是光屁股，你穿着衣服。爸爸光张嘴不说话，你能说话。"

"孩子，你一直能看到爸爸吗？"

小剑摇摇头："我小时候能看到爸爸的影子，他不说话，老是待在一边悄悄看我。但这两年看不到他了。我不相信他会不要我和妈妈了，我猜他也许死了——我是说他完全死了，连影子也没有了。"

屋中的妻子已经看到大妈妈，急急迎出来，听见了儿子这番话，不由黯然神伤。她说："小剑，该去做作业了。"小剑走后，她低声对大妈妈说，"他小时候一直说他能看到影子爸爸，但我一直没有应和。我不想孩子在这件事上陷入太深，影响他的心理发育。大妈妈，你这次来，有戈亮的消息吗？"

岳母也欣喜地迎过来，同大妈妈问了好，殷切地等着她带来的消息。大妈妈苦涩地说："很遗憾，仍然没有阿亮的确切消息。但我今天想披露一件重要的历史事实：当年，就是小剑出生那年的春节，我第三次回来见你们，临走时我见到了戈亮。确实如我所料，他的身体再度量子化了，但多半是基于他个人的超强意志力，他的身体还保持着某种似有若无的团聚态，勉强能够同我交流。我警告他，这种团聚态不可能持久，让他跟我回到 300 年后再想办法，但他一定要留下来守着你。从那之后，他应该是一直守在你身边。"

妻子泪流满面："是吗？这就对了，虽然见不到听不到他，但我一直感觉到他就在我身边。灵灵有时对着某处仰头吠叫，似乎能看到他。小剑小时候常说能看到影子爸爸，还说他是光屁股，光张嘴不说话，这样真切的描述不像是小孩子的幻想。但是大妈妈，你为什么不早点告诉我啊？"

人妈妈歉然说："这是戈亮的意愿，他坚决不让我告诉你。他说，你需要一个有血有肉的男人来陪伴，他不想耽误你。他想让你忘了他。"

妻子哽咽着："问题是，我能忘得了吗？快告诉我，现在他在哪儿？"

岳母对这个消息也很震惊，殷切地看着客人。大妈妈苦涩地摇头："遗憾的是，后来我也看不到他了。不久前我专门回来一趟，想再次劝他回到未来。我认真地寻找了很久，但始终没见到。据我估计，他确实已经弥散了，用小剑的话说，他完全死了，连影子也没有了。陈影，阿姨，很抱歉我给你们带来坏消息，但我考虑再三，决定还是告诉你们。戈亮希望你再找一个爱你的男人，我必须把他这个心意转达给你，希望你不要辜负。"

旁听的戈亮亲耳听着大妈妈宣布自己的死讯，但不以为忤，反倒很感激大妈妈，这正是自己的期望啊。但妻子断然说：

"不可能的，我不可能忘了他，我会在这里守候终生。如果你还能见到他，就让他赶快回家，哪怕他是一个若有若无的量子幽灵。"

大妈妈叹息："我料到你会这样回答的。我再尽量想想办法吧，看能不能借用某种仪器找到他。但你们知道，量子态时空隧穿机只能传送生命体，无法传送实物，也就是说，300年后的科技神力很难作用到现在。我尽量想办法吧。"

她快快地同众人告别，而戈亮也伤感地目送她离开。

妻子和岳母同样很伤感，盯着大妈妈消失的地方，久久沉默。岳母喃喃地说："但愿阿亮能回来，就是幽灵也行啊，多好的孩子……"

妻子忽然想起来："小剑呢？有一阵没听到他的动静了，他可从来没这么安生过。"

岳母有点不好意思："肯定被老头子拉去做那个实验啦。老头子忙活好几天了，昨晚说终于成功了，肯定是迫不及待向外孙显摆。"

妻子略有不满："我爸爸真犟，非要引他走这条路……"

岳母立即表态："依我看你爸不是主动引领，只是顺从和支持小剑的兴趣。你们父女俩的分歧我不掺和，不过影儿，孩子的路最终得让他自己走。"

妻子不再说话。戈亮顺着她们的目光看到一间小屋，大门紧闭，连窗帘也拉得严严实实，而且是很厚重的黑色窗帘。他好奇地穿越大门进去，里面漆黑一片，只有一面墙上，不，是一张幕布上，有隐隐的垂直光束，光束是不连续的，中间那条最强，两边呈对称状逐渐减弱。幕布对面的黑暗中，两双灼灼的眼睛正聚精会神地盯着幕布。听见岳父喜悦的声音。声音很低，似乎怕惊扰了光子的运行：

"小剑你看，多完美的干涉条纹。我只买得起最便宜的单光子发射器，还担心做不出来效果呢。"

小剑没说话，应该是在黑暗中喜悦地点头。虽然戈亮在300年后的学校教育中"不学无术"，他还是立即知道了这是什么实验：非常著名的杨氏双缝实验，用来显示光的波粒二象性。具体步骤是这样的：

在光源和幕布之间，立一块挡板，挡板上开有两条相距很近的垂直狭缝。把光射向挡板。如果光是粒子，按直线行进，那么光透过两道狭缝后，就会在幕布上出现两条垂直光束。但实际上，幕布上会出现多条不连续的竖向干涉条纹，中间最强，向两边依次递减。这说明光粒子又具有波的性质，透过两条狭缝的两束同相光波互相发生了干涉。

到此为止一切正常。诡异的是：如果降低光的强度，使其一个光子一个光子地射过狭缝，这时按理不会产生干涉了——只有一个光子，它和谁干涉？但实际上干涉条纹依旧顽固地出现，就好像每个光子都是同时通过两道狭缝，自己同自己产生了干涉！

更诡异的是：如果在挡板后设一个观察镜头，用来确定某一个光子到底是从哪条狭缝通过的，那么光子们好像知道有人在观察，立即让干涉条纹消失，在幕布上留下两道"老老实实"的粒子性状的条纹；如果关闭观察镜头，干涉条纹又会立即出现。

更更诡异的是所谓"延迟关闭实验"：使用最灵敏的开关，在光子通过狭缝后和尚未到达屏幕前这个时间段开启观察镜头，干涉条纹仍然不再出现。就好像光子能预知："虽然我在通过狭缝这一刻没有观察者，但我知道他已经藏在前行路上，哈哈，你休想骗我！"实验进行到这个步骤，已经不单是验证光的波粒二象性，而是深入哲学层面，验证的是"精神"和"存在"之间的关系。

戈亮的数理化知识很有限，之所以对这个实验很熟悉，是因为大妈妈一再说：穿越者以量子态穿越时空之后，要想恢复肉体必须有精神层面的干预，这和双缝实验中"观察会导致量子态塌缩"，原理上是完全一致的。

此后岳父在黑暗中依次做了后续的实验：开启观察仪器——干涉条纹消失，关闭观察仪器——干涉条纹复现。只有最后那个"延迟关闭实验"没有做，这个试验要求的仪器精度极高，他买不起。实验圆满成功，有一阵爷孙俩都没说话，似乎在静静体验成功的喜悦，或者是体验大自然深层机理的神秘。很久之后，小剑开口了，声音很低，带着调皮的笑意：

"外公，这套设备花了你很多钱吧，心疼不？"

"可不老少，但我乐意为外孙花钱——不过不光是为你花的，也是为我自己。外公一辈子搞机械，始终是牛顿力学的脑袋，对量子力学这些日怪东西总是难以理解，觉得它完全违反直觉，违反逻辑，总想亲眼见识一下。退休后有闲时间，你又有兴趣，算是借你圆了我的梦。"

小剑说："没什么难理解的，就像400年前绝大多数人不理解如果大地是球体，地球下面的人咋不会掉下去，这一点现在就连普通人也能理解嘛，一点也不难。你说的量子力学那些日怪，在几百年后会变得很平常。"

"你说得对。但外公老了，有些新事物啊，就是脑袋能理解，内心也理解不了。你年纪小，没有思维惰性，大胆往前走吧。"

沉默一会儿，小剑认真地说："外公，谢谢你。"

"哟，今天咋这样客气？"

"你知道我的意思。我妈一直拽着我学钢琴，怕我当科学家，她说对我爸爸承诺过的，可我爸爸为啥非要这么拧巴？你知道，我喜欢音乐，更喜欢物理学，是那种出自心田的喜欢，可以说是一种情结吧。"

旁听的戈亮真想告诉他："不，爸爸从来没有干涉你，永远不会干涉你！你尽管按自己的意愿向前走。"但他知道小剑听不到，只能无奈地旁观。岳父平和地说：

"你要理解妈妈心中的苦楚。你爸命太苦，你出生前他就失踪了，很可能是死了，你妈始终忘不了他。他生前你妈对他做过承诺，她肯定不会对死者失信的。不过，你不用管长辈的事，你的路怎么走，最终由你决定。小剑，闭上眼睛，我要拉开窗帘了。"

他拉开窗帘。明亮的日光下，戈亮看到了一个颇为像样的物理实验室，屋里摆放着各种仪器和焊枪等工具，橱柜里摆满了各种电子元器件，无疑是这位退休工程师在近年筹建购置的。爷孙俩眨巴眨巴眼睛，适应了强光，然后拉着手高兴地出门，志得意满的，就像完成了一项世纪伟业。两人在门外分手，小剑到隔壁钢琴室去，一会儿，那儿响起《蓝色多瑙河》的旋律。

戈亮很苦恼，也很欣喜，苦恼与欣喜并存。现在他与家人的联系像蜻蜓点水一样短暂和虚浮，甚至留不下一波涟漪，家人的生活只能在他记忆里留下一些模糊的片断，而自己在家人记忆中基本是空无。即使这样，他也要永远留在家中，保持这种单向的相处，直到他彻底弥散。

戈亮再度汇聚时误入一个战场，具有西亚风情的城市中到处是断垣残壁，几乎没有活人的踪迹。几辆坦克在废墟中小心翼翼地前进。从地道中爬出来一名男子，脸上蒙着黑巾，肩扛火箭筒。他瞄准不远处的坦克，狠狠地扣动扳机，一道火光闪现，坦克轰然爆炸。另一辆坦克立即向这边开火，袭击者还没来得及返回地道，就被炮火击中，血肉横飞。

空中的戈亮悲悯地看着。作为300年后的时间旅行者，一直生活在玫瑰色的伊甸园中，他几乎不相信300年前地球上还有这样惨烈的战争。他不由想起陈影在那次学生活动中说过的话："不，我说错了，咱们只是有幸生活在一个太平的国家，这个年代可不太平，局部战争从没有停息过，核之剑每天都悬在人类头顶。那些手握核剑的家伙可不懂得什么叫'敬畏'。"陈影还说，战争几乎是人类的宿命，是人类意志之外的某种东西在推动着人类往这条路上走……忽然一发火箭弹向他射来，径直穿过他的头部。一惊之下，戈亮再度弥散……

戈亮再次艰难地汇聚，迷茫地四顾。妻子在厨房忙碌，他震惊地发现，妻子已经是50岁左右的妇人了，眼角刻上了岁月和操劳的痕迹。岳父母不在了，他们原来的卧室中挂着二人的遗像，黑框中的二老平静地看着他。算来二老去世时都不到80岁，他们走得太早了。戈亮不禁想起他们的生活点滴。这些回忆那么鲜亮，就像是在"一闭眼"之前的事，怎么可能已经过去十几年了？戈亮心中黯然，自己的人生被生生挖去很多片断，留存下来的片断被粗暴地拼在一起，形成了尖锐的接茬。

戈亮忽然想起一件"小事"——这些年妻儿靠什么生活？当年他消失前，正为全家的生活努力做着安排，准备办一个钢琴培训班，甚至还预定了两架钢琴。后来他弥散了，钢琴班自然也中断，肯定还欠下了一笔债。那么这些年，尤其是二老去世后，妻子靠什么带大孩子，完全靠她微薄的稿酬？

不知道。戈亮心中发疼，十几年来，他没有为这个家庭做过任何贡献啊。好在看看家里的陈设和妻儿的穿戴，虽然比较简朴，还算不上清贫，这让他心中多少感到安慰。妻子隔着窗户喊儿子练琴，儿子不太情愿地从那间物理实验室出来。戈亮惊喜地看到，儿子已经成人，十七八岁，身高一米八左右，面容俊朗，走起路来一阵风。儿子到钢琴室，少顷，那里传来流畅的琴声，是《命运交响乐》。他的琴技已经相当高超，陈影在为他鼓掌。

院中有狗吠声，是小铃铛。当年的小狗狗如今体型剽悍，但已经颇显老相。戈亮不由感叹时光的无情，上次他见铃铛，它还只有4岁左右，转眼就是"古稀老狗"了。狗狗的生命进程比人快5倍，所以在它身上愈显得记忆断崖的陡峭。铃铛对着院里某处使劲吠叫。戈亮看见那儿出现一个光团，光团内是扭曲流动的图像。光团越来越黏稠，越来越实体化，最后变成一位年轻的裸体金发姑娘，像母腹中胎儿那样蜷缩着身体。身体实体化的过程也是她意识清醒的过程，她睁开眼，迷茫的目光逐渐变得清醒。

无疑这是一位时间旅行者。当年自己跨越时空来到这个院子，也经历了同样的过程啊。戈亮像用他人的眼睛看到了十几年前的自己。那姑娘躯体健美，公主般高贵，但白皙的腹部和大腿上刻满了稠密的刺青，花纹很奇怪，很像是电路图纸。姑娘清醒后，立即用双臂遮挡住私密部位，用汉语大声喊：

"陈影阿姨，快给我拿一套衣服！"

妻子听到铃铛的吠声，已经从屋里跑出来了，看到这位陌生的时空隧穿者，十分吃惊，马上返回屋拿来一套衣服。姑娘笑嘻嘻地接过衣服，穿好。虽然穿着简单的家居衣服，仍然显得光彩照人。她自来熟地向妻子伸出手，说：

"阿姨，我是玛丽的女儿莎菲，我妈妈是你丈夫的朋友。她让我来你这儿过寒假，欢迎不？"

陈影笑着把她搂入怀中："当然欢迎啦，可惜时间不太巧，小剑还有半年就要高考，恐怕没时间陪你。你呢，不参加高考吗？"

"300年后，高考早就取消了。"

陈影忽然想起："呀，忘了拿鞋子，我去拿。"

她匆匆回屋。钢琴室的儿子听见了外边的动静，也出来了，好奇地看着这位不速之客。莎菲热情地跟他打招呼，小剑也欣喜地回应，显然对这位性格奔放的漂亮姑娘颇有好感。但旁观的戈亮心中有尖利的怀疑：她是玛丽的女儿，而玛丽当年也是一位杀手，那么，莎菲这次突兀地回到现在，恐怕不是过寒假，而是担着特别的任务。如果有，那她的目标只有一个：小剑。他想，妻子虽然对客人言笑晏晏，内心也会有同样的尖利怀疑吧。

陈影拿着一双鞋子走出卧室，但莎菲已经看到小剑身后的钢琴，立刻光脚跑过去，不等主人邀请就开始弹奏。乐曲气势磅礴，直击心灵，技法明显比儿子还要高一个档次。她弹得很忘我、很投入，而她身后的小剑、拎着鞋子的陈影，还有隐形的戈亮，都在入迷地倾听。尤其是小剑被强烈震撼，因为乐曲旋律与他少年时常随意弹奏的"小草、蚂蚁、蚯蚓的歌"很相似！当然，这首曲子要远比他的即兴曲更为厚重深沉，内蕴更多一些苍凉。乐曲结束了，陈影由衷地夸奖：

"孩子，你弹得真好。这首曲子也好，简直是一首神曲。不过我听着很耳熟。"

莎菲接过鞋子，边穿边说："这是我们那个时代很著名的乐曲——《生命之歌》。它展现了地球生命45亿年的艰难跋涉。先是生命诞生前漫长的黑暗，继而出现生命的微光、智慧的微光，微光然后变得无比灿烂。我们时代的乐评人说，这首曲子是需要跪着聆听的，是需要用眼泪和热血来伴奏的。"

她的介绍充满激情，陈影和小剑都被感动了，戈亮也暗暗点头。当年他从那个时代带回来一首短曲《生命咏叹》，应该就是《生命之歌》的前身，只不过后者更为成熟。他回忆起自己曾用《生命咏叹》为小剑做过胎教，后来，大约小剑4岁时，戈亮听过他即兴弹奏的"小草、蚂蚁、蚯蚓的歌"，旋律与《生命咏叹》相近，不知道他是受胎教影响，还是真的听到了大自然的天籁之音。莎菲又说：

"不过这首著名乐曲却没有作者，据说是300年前流传下来的佚名作品。小剑你愿意学吗？我教你——我是不是太好为人师啦？"

小剑笑着摇头，那是否认"好为人师"这句话；又笑着点头，那是说"我愿意跟你学"。两人随后开始了教学和切磋，几乎忘了陈影的存在。

陈影悄悄退出钢琴室。戈亮紧跟在她身后，忧心地警告："小心！这个外表单纯快乐的女孩，很可能是来者不善，而且多半是针对小剑的！"妻子当然听不见他的警告，不过，从妻子独处时蹙眉沉思的表情来看，戈亮知道她有同样的警觉，毕竟她是知道玛丽当年身份的。

　　三人言笑晏晏地吃了晚饭，小剑去书房学习，陈影收拾了父母原来的房间，对莎菲说："你今天肯定累了，提前睡吧。"莎菲听话地睡了，而陈影独自在自己卧室中蹙眉沉思，显然在猜测莎菲的来意。深夜，小剑也睡了，而戈亮则警惕地守在莎菲屋里，注意观察她是否有异动。大概在凌晨一点时，莎菲醒了，听听外边没有动静，立即悄悄起床，出门，悄悄打开那间物理实验室的门，溜进去。戈亮心中的疑虑更甚，紧紧跟在她身后。莎菲显然是胸有成竹，顺利地在屋里找来各种材料和零件，然后对照着自己腹部和大腿上的刺青，熟练地开始组装，包括一些简单的焊接。她要干什么？从她流畅的节奏看，她应该对这间实验室储存有什么东西了如指掌，可能是通过大妈妈了解的，甚至不排除此前她曾潜入过。

　　戈亮立在她身边悄悄观察着。他想，这位行事诡秘的莎菲大概想不到，有人近在咫尺地监视着她吧。凌晨四点，一台仪器组装成功，电池也装上了。莎菲开启仪器，低声喊：

　　"戈亮叔叔，你在吗？"戈亮吃一惊：她知道自己就在身边？莎菲又说："戈亮叔叔，这是一台量子信息增强仪，如果你还保持着量子团聚态，我就能通过它同你交流。"她边说边调整着仪器，忽然高兴地说，"叔叔，我看见你了！哈哈，我早就猜到，你对一个杀手的女儿不会放心的，一定会亦步亦趋地监视我。哎呀，我没想到你还是这样年轻帅气！"

　　她笑着向戈亮伸出手。戈亮没有回应，叹息道："这十几年来，我从来没有在镜子中看到过自己，也不知道我的容貌是否年轻。"

他转为严厉，"但你首先要告诉我，你这次时间旅行的目的！"

莎菲对他的严厉不以为忤，收回右手，笑嘻嘻地说："说来话长，你耐心听我讲。当年你们三人不是回到现在，想暗杀三位未来的量子科学家吗？后来你和我妈妈没有忍心下手，芒街那位小姑娘已经成长为量子物理学家，我妈妈不想再杀人，无法阻止了。但当年我父亲已经在特拉维夫除去一位未来的物理学家——这件事的是非先不说——如果再设法引导戈小剑离开科学，那三个人的命运改变了两个，历史还是有可能改变的。好在我已经知道，小剑除了痴迷物理学，也十分痴迷音乐，从小就喜欢弹奏'小草、蚂蚁、蚯蚓的歌'，其旋律和《生命咏叹》一脉相承。所以我做了充分准备后返回现在。你刚才听了我弹的那首《生命之歌》，它是在你熟悉的《生命咏叹》上深化改编的，是我邀请众多音乐家共同完成的。既然它与小剑有天然的缘分，我相信它肯定能打动小剑，引他走上音乐之路。"

她的态度坦诚，说法也合情合理，戈亮基本相信了她的说辞。考虑片刻后他说："听说你妈妈玛丽已经改变初衷，准备率领一批年轻人移民到一个新星球，并且不要大妈妈跟随。是这样吗？"

"没错，是这样的，这件事演变成了一场席卷全球的运动，眼下正在紧锣密鼓地进行。它当然是一个不错的选择，是一个惊天动地的壮举，我很钦佩，也不反对。但那归根结底是逃避，是对地球的放弃。所以，我没有跟她走，我选择了另一条路，也就是你们三人当年要走的路。"

"这么说，不是你妈妈，也不是大妈妈，指使你回来的？"

"当然不是！是我一个人的决定，准确说是我们一批年轻人的决定。我们做了充分的准备，然后命令大妈妈送我回来，大妈妈当然不会违抗人类的命令。正巧，那时大妈妈已经完成了量子信息增强仪的设计，这是她向陈影阿姨许诺过的。但无生命物质不能进行时空隧穿，包括图纸。所以我只能用皮肤刺青的办法把图纸带回来。好在大妈妈设计仪器时就考虑到，仪器的材料和零件都能在小剑外公这个实验室中找到，让我少了出去采购的麻烦。"

戈亮极度矛盾。虽然早在20年前，与陈影那次长谈后，他对"AI掌控世界"的前景已经看得比较平淡，比较达观，但毕竟莎菲的计划更符合他的本心——当初三位热血青年回到300年前，不就是想完成这个使命吗？他相信莎菲的说辞是出于真诚，对这位敢作敢为而且颇有谋略的莎菲也很有好感，至少她在返回之前做了充分的准备，不像自己当时那样仓促行事。只是——他迟疑地说：

"我不愿算计自己的儿子。"

莎菲对此早有准备，雄辩地说："这不是算计，是设计，是对小剑人生之路的选择和引导。陈影阿姨不是一直在这样做吗？我们只是在她的努力之上再添一把火。"

戈亮无语。没错，这些年来，尽管自己与家人的相处都是短暂的，不连续的，但也能清楚地看到妻子持之以恒的苦心。他还曾亲耳听到妻子的自语："小剑长大要当音乐家，不要当科学家，我对你父亲承诺过的。"单从儿子的人生设计来说，当一个音乐大师，同样是一个不错的选择啊。不过，因为关乎儿子的一生，事情过于重大，戈亮还在沉吟。莎菲加了最后一把火：

"放心吧，叔叔，我不会害小剑的。"她略带害羞地披露，"我干过一件违规的事，曾偷偷去未来瞄了一眼，所以我知道，在某段被稍许修改过的历史中，他将是我的丈夫，是一对双胞胎的父亲。当然，大妈妈说过，在时间旅行者修改历史之后，虽然历史的主干不会变，但细节如何改变是不能预测的，因为其中有蝴蝶效应。我不敢保证我与小剑的婚姻真的实现。那你就把这个未来当成我的愿望吧，我相信，它大概率会实现的。"

戈亮又惊又喜。莎菲是个很不错的姑娘，如果真如她所说，那倒是一个不错的结局。这时卧室那边有动静。衰老的铃铛大概是觉察到这边的动静，拽着女主人的睡衣把她拉过来了。看到莎菲深夜潜入实验室，陈影满腹狐疑，目光尖利地盯着她。莎菲立即对戈亮小声说：

"我的目标暂时对他们保密，主要是对小剑保密。"然后笑嘻嘻地迎过去，"阿姨，一个最大的好消息，你一定会欣喜若狂的！你是否记得，大妈妈答应你要设计一台仪器，让你能够看到戈亮叔叔？她没有食言，你看，就是这份图纸，"她指指自己身上的刺青，"我按照它刚刚组装了一台量子信息增强仪，通过它看到了戈亮叔叔，他还活着！准确地说，他还保持着量子的团聚态！"

陈影极为惊喜，或者说震惊，急急地问："他在哪儿？"

莎菲指指戈亮："就在这儿啊，叔叔，和阿姨打招呼呀。"

戈亮哽咽地唤："影姐，是我。"

陈影茫然四顾："他在哪儿？他说话了吗？我还是看不到，听不到。"

这下轮到莎菲茫然了："他就在这儿啊，我这会儿和他并肩站着。他也在唤你，你看不到、听不到吗？叔叔，你拥抱一下阿姨，再亲吻她。"

戈亮照做了，陈影仍然感觉不到，莎菲很失望，也敏锐地察觉出问题所在："难道这台仪器只和我一人共振？一定是这样的，这可太扫兴了！陈影阿姨，请你相信我，叔叔确实在这儿，我能看到听到他，他也能看到你我，听到你我。这样吧，我来做你们二人的中介，帮助你们交流。为了让你相信我不是说谎或者白日梦游，你先问几个问题，问那些只有你和叔叔才知道的生活细节。阿姨，你开始吧。"

陈影想了想，问："阿亮，当初你突然出现在这个院里，我穿的什么衣服？"

戈亮立即回答："你当时正在洗澡，匆忙穿一件浴衣出来。一件纯白浴衣裹着一个小巧的身体，上襟没有掩好，胸脯白得耀眼。其实，从见到你第一眼起，我就知道不可能对你行凶。"

莎菲转述后，陈影眼眶红了，想了想，又问："咱们买了钢琴后，你弹的第一首乐曲是什么？"

"是一首短曲《生命咏叹》，它和莎菲昨天弹的《生命之歌》应该是传承关系。对了，小剑 4 岁左右时，我听他弹过一首即兴曲，他说是小草、蚂蚁、蚯蚓唱的歌，那个曲子虽然简单，但已经包含了《生命咏叹》或《生命之歌》的主旋律。"

陈影热泪盈眶，她已经开始相信，戈亮确实就在面前，而且莎菲确实能看到和听到他。她问了最后一个问题："阿亮，你从芒街返回后，就是你那位同伴豪森杀人后，那天深夜，你悄悄溜进我的房间，干了什么？"

戈亮对这个问题有点害羞，轻声说："那晚我睡不着，抑止不住地想去拥抱你，亲吻你。我悄悄潜入你屋内，但最终没敢孟浪，

125

只是轻轻摸了摸你的右脸颊。"

莎菲做了转述。妻子悲喜交加："这么说，18 年来你一直待在家里？"

"量子人没有准确的时间概念，关键是我经常迷失自我，在高维空间漂流。不过，只要我清醒，也就是我的身体回归团聚状态时，我就立即回家。我常常陪你和小剑睡觉，只是你们感觉不到。"

妻子伤感地说："我看不到听不到，但意识深处总有一个声音在告诉我你就在身边。看来我的心声没错，而且小剑小时候常说能看到你。"

两人又通过莎菲的转述，了解了一些对方这些年的生活细节。戈亮说他能看到自己的身体，但对镜自观却是空无。他说自己 18 年从来没有进食，也许量子态的身体不怎么消耗能量。陈影告诉他，这些年自己已经跻身一线作家，稿酬、再加上爷奶留下的存款的利息，足以养家糊口，让他尽管放心。两人通过莎菲的中介聊了很久，18 年的离别，18 年的"相见却如不见"，有多少心里话要向对方倾诉啊。最后陈影坚决地说：

"阿亮，尽管我希望你一直陪在身边，但你不能永远游荡在'实世界'和'虚世界'的夹缝中。你还是按大妈妈的意见，回到 300 年后，再想办法。"

戈亮摇头："不，我不回去，我舍不得离开你们。而且这些年我一直在努力，努力呼唤身体的亿万粒子，让它们回归本体。也许我能成功。"

妻子犹豫片刻："好吧，但必须有个时限，一年之内你不能恢复实体，就必须离开。你答应我。"

戈亮含糊地说："小剑马上要上大学了，等他上大学之后吧。"

陈影转而恳求莎菲："莎菲，请你务必改良这台仪器，让我和阿亮能直接见面，哪怕只能对话也行，好吗？求你啦！"

莎菲很难为情，苦笑道："阿姨，这台仪器是大妈妈设计的，我只是个装配钳工，对原理一窍不通。想改进它，我真的无能为力。"她对陈影解释，"因为量子态时空隧穿机无法传送非生命物质，包括图纸，我不得不把装配图纸刻到腹部和大腿上，也就是刻到我低头能看到的部位。这些刺青实在丑死啦，糟蹋了我这么漂亮的皮肤。"

忽然陈影的手机响了，她看看号码，是大妈妈！大妈妈问："陈影，莎菲是否已经安全抵达？我用耳豆联系过她，她没接电话。"

莎菲立刻要过手机："我已经安全抵达，量子信息增强仪也组装成功，我见到戈亮叔叔了！他还活着——准确地说，他的量子态团聚体还存在！"

大妈妈惊喜万分："是吗？这可是个大大的好消息！陈影，我当年答应给你设计一台仪器的，我很高兴自己践行了诺言。这会儿戈亮在哪儿？"

"就在我身边。但为什么仪器只对我有效？陈影阿姨还是看不到戈亮，听不到戈亮的声音，两人的交流只能通过我转述。阿姨说不定认为是我在捣鬼，但我完全是按你的图纸组装和调试的。大妈妈你说呢？"

她实际是在敲打大妈妈，也是向陈影和戈亮表示自己的坦荡。大妈妈颇受打击："对陈影无效啊，那就太遗憾了。"然后她温和地对莎菲说，"责任在我，阿姨和叔叔都不会怪你的，只会感激你。陈影，阿亮，当时就是莎菲最先想出在皮肤上刺青来携带图纸的办法，还慷慨地捐出了她那么漂亮的皮肤。我再研究研究，等莎菲返回后拿出一份新设计。"

大妈妈通过莎菲向戈亮问了好，再次劝他返回。戈亮说："我已经和妻子商量好，等到小剑上大学之后再说。"然后大妈妈欣喜地告别，虽然她的仪器只能算是半成功，但好在已经确认戈亮还保持着团聚状态，这已经是一个大喜讯了。

小剑睡眼惺忪地走过来。他是去卫生间小解，看到这边有灯光和动静，便把脑袋探进来，疑惑地问："妈，莎菲，已经深夜了，你们在干什么？"

莎菲抢先回答："你爸爸还活着！准确地说，还保持着团聚状态，我使用这台量子信息增强仪后，能看到他，也能听他说话。可惜这台仪器对阿姨无效。你快来试试。"

小剑很惊喜，立即过来试验，可惜他同样看不到听不到，也感觉不到戈亮的触摸。他很失望，伤感地说：

"4岁前我能看到爸爸，所以爸爸对我来说从来不是陌生人。爸爸，你还是影子状态，光屁股，光张嘴不说话？"

戈亮响应了这个伤感的笑话："对，我还是光屁股，身体像一团影子。但我能说话，莎菲就能听见。"

莎菲转述了。

小剑说："不知道为什么我失去了这个能力，再也看不到爸爸了。真想再看到你，哪怕是一次呢。爸爸，抱抱我。"

戈亮动情地拥抱他，但小剑没有任何感觉。小剑苦叹一声，放弃了与爸爸直接交流的希望。然后他要过仪器仔细端详，又认真查看莎菲腹部和大腿上的图纸，坚定地说：

"我一定要把这台仪器和这套图纸吃透，当然，恐怕首先要吃透有关的物理理论，主要是量子力学。我要设计一台新的仪器，以便借助它同爸爸相见。爸爸，你等着我。"

莎菲转述："你爸爸说，谢谢你，他对你有信心。"

小剑在认真观看图纸时，不经意地撩起了莎菲的裙子和上衣，莎菲多少有些害羞，然后是失落——小剑眼中只有图纸，对眼前这具身体却是视若无物。她不平地想，虽然那部分皮肤被刺青弄得"丑死了"，但刺青之外的躯体和面庞他都一概无视吗？旁观的戈亮叹息着，对莎菲附耳低言：

"莎菲，你恐怕犯了个错误。你想让小剑投身音乐，但又无意中刺激了他对量子力学的兴趣。你精心谋划的行动起了反效果。"

莎菲避开小剑低声说："我确实失望，但他研究量子理论是为了同你相见，我不忍心反对啊。"

在陈影的热情欢迎下（现在陈影是真心欢迎了），莎菲在这儿安心住下。小剑仔细复制了莎菲身上的全套图纸，在高考前的紧张复习中还抽空阅读大部头的量子理论著作，查阅资料，琢磨那台仪器和图纸。莎菲大半时间被晾在一旁，颇为失落，只能苦笑着陪伴。不过小剑对她带来的那首《生命之歌》有发自内心的喜爱，只要一有空闲，就拉着莎菲教他演奏，这让莎菲多少感觉到安慰。

莎菲也经常同戈亮交流。戈亮一直在努力凝聚他的"量子身体"，尝试着移动物体，但一直失败。这一天小剑上学后，莎菲把陈影和戈亮叫到一起，强势地命令道：

"阿姨，叔叔，你们再试一次直接交流。叔叔，你拥抱阿姨！"戈亮听话地拥抱了，但妻子感觉不到。"你再亲吻阿姨，亲吻额头！"妻子仍然没有感觉，不免神情悲凉。但她的身体突然一激灵：

"戈亮，你是不是在摸我的右脸颊，就是当年，你悄悄溜进我的房间那次摸的那个地方？"

戈亮和莎菲都非常惊喜。莎菲急急地说："你能感觉到？对，他确实在摸你那儿。来，叔叔你再试一次！"

他们连着试了几次，妻子确实能感受到他的抚摸，但只限右脸颊那个特定点，摸别的地方全都无效。也许，当年戈亮的那次抚摸，加上2岁小剑的那次强化，在陈影的这个部位留下了终生的肌肉记忆。这点进步很有限，但妻子已经是喜极欲狂：

"能有这个感觉就好，能这样就好！从今往后，至少我可以用这个办法，来确认你是否在我身边！"

这点"过于卑微"的幸福需求，让戈亮和莎菲都不由心酸。莎菲灵机一动："给一个建议，你们可以做个约定，比如摸一下表示'是'，连着摸两下表示'否'，这样你们就可以直接进行一些简单交流。来，你们再试试。"

陈影含泪笑道："行，我来试试。阿亮，你爱我和小剑吗？好，我已经接收到你的肯定回答。阿亮，你会离开我们吗？好，我接收到了你的否定回答。"

三人都欣喜不已，当然欣喜深处蕴含着悲苦。莎菲又陪着两人试验了很多次，没有别的进步，但陈影能感觉到丈夫触摸右脸颊这一点百试百应。此后，当莎菲不在身边时，两人经常做这种简单的交流，乐此不疲。虽然交流非常有限，但经历了18年的"对面不相见"，这点微量的幸福已经让二人陶醉。

在这座农家风格的大院落中，二人安逸地过着这种慢节奏的田园生活。

铃铛已经极度衰弱。陈影请一位兽医朋友来家诊断。兽医听了它的心脏，遗憾地说："它没有别的毛病，但生命力已经耗尽了。"兽医走了，一家人围着它悲伤。铃铛又勉力坚持了几天，一天夜里，它舔舔各个家人，平静地走了，一如当年的灵灵。陈影抱起它，让两个孩子在灵灵的坟墓前挖了一个新坑，把铃铛埋葬，埋葬时妻子照样在铃铛遗体上撒了野花。戈亮听见妻子伤感地自语：

"我再也不养狗了。它们的生命期太短，我再也受不了这样的生离死别。"

莎菲听见这番低诉，十分伤感。回屋后她就直奔钢琴室，然后一首磅礴苍劲的乐曲排闼而出，乐声震撼心灵。弹完后莎菲说，这是《生命之歌》的终篇，是死神降临，是生命同死神无望地搏斗，是在坟茔上开出生命之花。小剑也被深深震撼，凭记忆完整地复奏了一遍。他十指翻飞，身体大仰大合，完全沉浸在乐曲的旋律之中。

莎菲喜不自禁，眼角闪着泪花，但这是喜悦的泪花。她示意戈亮跟她离开钢琴室，低声说：

"叔叔看见没？我还是有可能赢的。小剑这么迷恋这首乐曲，我觉得他的人生之路又向'音乐'迈了一大步，我看到了希望的曙光。"

戈亮为她高兴，但也为自己伤感。近来他越来越感到身体的无力，是那种很特殊的无力感，他觉得自己已经无法禁锢身体的亿万粒子，不定什么时候它们就会悄悄地弥散。大妈妈说过，他每一次同妻子或莎菲交流，都是在磨蚀自己的生命。但尽管这样，他仍然高频度地同妻子交流，喜悦地享受着这样的幸福——同时平静地等着死神降临。

这天，他对莎菲说："莎菲，我要同妻子有一个重要谈话，你来做中介。"

莎菲注意地看看他："巧了，阿姨刚刚也这样说过。她说，她感到你的身体越来越衰弱，要与你来一次重要的谈话。阿姨，你过来，你们俩说话吧，我来做中介。"

妻子过来，说："阿亮，虽然我感觉不到，但你还是拉着我的手，就像当年一样。"戈亮过来，拉着她双手。妻子忧心地说："阿亮，我感觉你越来越衰弱，是不是这样？都怪我，这些天沉迷于与你的交流，却忘了每一次交流都是在磨蚀你的生命。我想，不能这样了，你必须立即回到300年后，再请大妈妈想办法。"

莎菲做了转述，又转述戈亮的话："影姐你不要道歉，我乐意这样，每次同你和小剑交流，都让我感到浓郁的亲情，让我的生命升华。只有在这一刻，我才觉得活着有意义。你记得吗？19年前我曾对你说过，我惧怕成为像我父母那样冷漠的父母，感谢你，还有小剑，让我免除了那种恐惧。不过，我的身体确实越来越弱，恐怕坚持不下去了。我打算接受你的建议，回到300年后。但以后的事情很难预料，而且我即使能恢复正常，也不打算回来了。我想跟玛丽一起移民外星，那对我可能是更好的结局。"

妻子很伤感，但爽快地说："好的，我也觉得这条路对你更合适。至于我和小剑，你不用担心……"

"但我这样做有一个条件，这个条件不可更改，否则我就一直守在这里，直到生命耗尽。这个条件就是：你必须再婚。"

妻子沉吟良久，断然说："好，我答应！当然，我不可能匆匆找一个男人随便把自己嫁出去，我说的'答应'，是从内心接受再婚的可能，如果碰上合适的、让我动心的男人，我不会再因为你而拒绝。阿亮，你放心，你知道我的脾性，只要答应的事我就不会失信。"

"好的，我相信你的承诺。"

莎菲为两人做了转述后，说："我也觉得这样最好。叔叔，我这就用耳豆同大妈妈联系，为你召唤隧穿机。"

"莎菲，以下的话你不要告诉你阿姨。先问一下，你自己准备什么时候离开？"

"应该是等到小剑考大学的事有明确结果吧，我要看到他到底走哪条人生之路，或者说，要看到我精心策划的这次行动是输是赢。"她自嘲地说。

"那我就等着跟你一块儿走，我也想看到小剑走进大学。所以，你只用告诉我妻子，说你已经通知大妈妈来接我，然后静等隧穿机的到来。之后如果我妻子追问，你想办法搪塞几次就是。你放心，我的身体再熬几个月不成问题，但从今天之后，我会基本中断与你们的交流，以便尽量保存能量，坚持到那一天。"

莎菲考虑片刻，避开陈影低声说："也好！到时候咱俩一块儿走，反正离高考发榜的时间也不长。"她转身对陈影说，"阿姨，我这就同大妈妈联系，让她找合适机会开启隧穿机。在这之前，你们恐怕需要尽量少交流，以便减少叔叔的能量消耗。这段时间，我也尽量不使用量子信息增强仪。"

　　陈影凄然点头。虽然这是她希望看到的结果，但这基本上是生离死别了。她伤感地说："好的。你告诉阿亮，我要同他最后交流一次，直接的交流，不通过你做中介。阿亮，你要好好活着，哪怕我们天涯永隔。你如果答应，就回答我一个'是'。"她指指右脸颊，然后含泪笑了，"好的，我感觉到了你的触摸，我放心了。"

　　三人依依相别。这时他们听见了屋外小剑的脚步声，他放学回来了。听见他在高声喊："铃铛，快来——"喊声突然中断，连脚步声也突然中断，显然他想到铃铛已经死了。静默了很久，他的脚步声通向钢琴室，然后是倾泻般的琴声，演奏的是《生命之歌》的终篇。

你

这半年米戈小剑忙碌异常。高三本来就是"焦麦炸豆"的时刻，他比别的同学更忙，多了十二月份的艺术统考和一月份的艺术专业校考。在普通高校的志愿之外，他也报考了艺术类钢琴专业。这多半是因为妈妈的劝说，加上莎菲的敲边鼓，他不想让两人太失望。实际从内心讲，他尽管喜欢钢琴，但一直自认为是一个"理工男"，将来的正职肯定是科学研究，而音乐只能是业余爱好。这两次艺考成绩都很不错，统考的文化课自不必说，钢琴专业考试时他的发挥也很出色，自选曲目就是莎菲教他的《生命之歌》。考完，一位姓章的老教授特意找到他，问了一些情况，对他颇为欣赏，可以说是激赏吧。但他不想让老人将来失望，便坦率地说，他来参加艺考只是照顾妈妈的情绪，他最终是要去理科高校的。章教授唏嘘不已，失望之情溢于言表。

然后就是普通高校的紧张备考了。这是个"黑色"的夏天，同学之间几乎没时间交流，尽是刷题、模拟考试、老师的小鞭子、家人期盼的目光。但无论怎样忙，有两件事他一直坚持着，一是对大学物理专业教科书的自学，他要尽早吃透与"量子信息增强仪"有关的理论，尤其是量子力学，期盼着早日把父亲从"异相监狱"里救出来；二是练钢琴，即使在艺术校考结束之后他还是坚持不辍，每天晚饭前练30分钟，星期天练2个小时。莎菲对此很欣慰，既然他能在高考前这种时刻还坚持练琴，证明他对音乐是发自内心的喜爱——也就是说，尽管小剑志在理工类高校，但莎菲的战略计划还是有些许希望的。

而戈亮从那次谈话后，真的中断了同家人的交流，从家里完全消失了。但陈影、小剑和莎菲都知道，那个"量子幽灵"一定还在这个院内游荡，时刻关注着家里的一切，尤其是小剑的一切。

院子北边是一条小溪，小溪北边新建了一个高档小区，小区内都是高层建筑。戈小剑不知道的是，从几个月前，就是他为了备战艺术类校考而狂热地练琴时，在离他院子最近的一幢高楼十楼的一座阳台上，总会出现一个马尾辫姑娘的身影，她依在阳台栏杆上，长时间侧耳倾听。到后来，这位姑娘熟悉了小剑的练琴时间，甚至在琴声响起前就提前到阳台上守候。

这天深夜，小剑放学回家，正要掏出钥匙开院门，一束细细的红光忽然越过夜空，越过小溪，轻捷地落到门扇上。他回过头，见一线红光从小溪对岸的一幢楼房里射出来，是激光微型电筒。这些天，街上的小屁孩几乎人手一只，欢闹着，用细细的红线追逐行人，切割夜空。他自己也有一只，是几年前买的。小红点轻柔地跳荡着，从门扇上跳到他胸前，停留在那里，轻轻晃动。小剑忽然童心大发，迈几步来到溪边，把自己完全暴露在"枪口"下。那个小屁孩肯定胆怯了，立即熄灭激光，藏到黑暗里。小剑笑了，回身，打开院门，回家。

但回屋后他的童心再发，立即找出自己的激光电筒，走出大门。妈妈和莎菲都听见他来而复返，不约而同地跑出来，问：

"小剑，怎么又走了？"

小剑向两人扬扬激光电筒，笑着说："一个小屁孩在照我，我也要耍他。"

他立在院门口，依照刚才激光的大致方向朝那边"漫扫射"。没想到对方居然回应了！从对面大约十楼的一个阳台上，一道激光射来，先是照射他的腿部，缓缓向上，最后安静地停留在他的胸部，不再向上移动。小剑忽然怀疑，对方怕不是小屁孩吧，因为对方这样轻柔的动作显然是怕灼伤他的眼睛，小屁孩怕是没有这样的周到细心。他也小心地回照对方，先瞄准阳台下部，再逐渐向上，停留在那个模糊人影的胸部。他看不清对方，但从身高和身形来看肯定不是小屁孩，应该是一个女孩，年龄大概与自己相当。

双方用激光光斑轻轻地抚摸对方，然后，对方关闭了激光，人影也消失了。小剑搔搔脑袋，有点困惑地回家，心中奇怪，对方如果不是小屁孩，怎么有这样的闲情逸致？妈妈已经把夜宵做好，端了过来，莎菲则像过去一样，陪他把饭吃完，抓紧这段宝贵的时间与小剑简短地聊上几句，然后催他睡觉。

第二天上晚自习时，小剑随身带上了激光电筒。晚上回到大门口，果然如他所料，一道激光仍从那个阳台方向射来，照旧停留在他的胸膛上。不同的是，那儿今晚有意开了阳台灯，他能清晰地看到一个姑娘的身影，马尾辫，短裙，体形健美，看不清面孔。小剑也把激光回射过去，这次没有照射姑娘胸部——既然知道对方是姑娘，那样做未免唐突——而是把光点留在姑娘的肩部。两个光斑就这么轻轻地抚摸着对方，然后那边关闭激光，人影消失。

这天晚上，小剑很晚才睡着，那个光斑似乎仍在温柔地抚摸他。

从这之后，每天晚上的互相问候成了惯例。一般是对方先打招呼，偶尔对方回家较晚，小剑就守在门口，用光斑在对方阳台上间断地"叩门"，直到对方做出回应。这个"无声聊天"甚至成了小剑的心理寄托，是紧张枯燥的备考生活中的一眼甘甜的清泉。但他努力克制自己，不去探问对方到底是谁。且把那一天推迟到高考之后吧。

两人的"空中聊天"持续了两个月。莎菲后来也熟知了两人的聊天，当两道激光在夜空中相会时，她总是躲在夜色中，悄悄观看。

高考终于结束了。几千名学生欢呼着奔出考场，同考场外翘首以望的亲人会合，这些亲人中当然包括陈影和莎菲，应该还有一个量子幽灵。这点不必怀疑，戈亮肯定也在这儿翘首以望。

晚上为小剑举行了庆功宴，席上多摆了一套碗筷，那当然是给戈亮的。莎菲入席后首先打开那台仪器，欣喜地告诉陈影：

"我联系上了叔叔，这会儿他也在场！你们想说什么话，我来做中介。提前说一下，我大致决定在小剑高考发榜后返回未来，已经用耳豆通知了大妈妈，叔叔将和我同船离开。"

陈影心情复杂，问："好的，你们一块返回更好。莎菲，记着经常回来看你阿姨啊。阿亮，你的身体怎么样，能不能再坚持一两个月？"

莎菲转述："叔叔说没问题，只要不消耗能量，对他来说时间是静止的。"

小剑说："爸爸，希望你回到 300 年后能够复原身体。我这边也不会放弃。我要加紧研究，主要是研究量子退相干领域。我一定把你从量子监狱中救出来。"

"谢谢儿子，我对你有信心。"

小剑转向莎菲，不舍地说："你也要走了吗？很想多留你几天，但你终归要回到 300 年后的，那就祝你一路顺风吧。"

莎菲"哼"一声："你如果真心留我的话，我也可以不走的。"

小剑摇摇头："你的根在 300 年后，留不住的。你走后，那台仪器可以留给我吗？高考之后，我就要把全部精力放到那上面了。"

"当然可以留下。我知道的，对你来说，那件'物'比'人'更重要。"

小剑和妈妈都听出了她话中的醋意，但都笑着没有回应。他俩不知道莎菲曾对戈亮说过的那句话："在某段被稍许修改过的历史中，他将是我的丈夫，是一对双胞胎的父亲。"所以尽管都喜欢这个姑娘，但一直把她看成一个"遥远的外星人"，只是偶尔来地球度个假，不会把根扎下来的。陈影伤感地说：

"阿亮，在走前这段时间，你还是尽量保持静默状态，这样有利于你的健康。虽然我想同你说说话，很盼望你的触摸，但——只要知道你在我们身边，就足够了。"

"好的，我会默默地陪伴你们。"

"等你离开时再现身一次，与我和小剑道别吧。"

"那是当然的。"

戈亮与家人依依惜别。

晚饭后，小剑说要和同学们玩，带上激光电筒出门了。他来到小溪对岸那个小区，在大门口耐心地等候。对于那个从未谋面的姑娘究竟是谁，他还是多少有把握的，因为他过去曾偶尔、但不止一次地注意到，行人中有时会投来一双特殊的目光。那是一个和自己同龄的姑娘，马尾辫，体形曼妙，容貌比较普通，最近常穿绿色吊带裙。这位绿裙姑娘，和小溪对面十楼阳台上的姑娘，应该是同一个人吧。

等了很久，一位绿裙姑娘向小区走来，看到守在门口的小剑，稍稍一愣。小剑打开激光电筒，把光点打在姑娘前面的地上。姑娘笑了，走过来，伸出右手：

"你好戈小剑，我是何如风，北校区的。"

"何如风？早就闻名了，北校区有名的女学霸，让所有男生又恨又无奈的那位。我知道咱俩同级，还听说你已经被保送到复旦大学了。很羡慕你啊，比我们早解放了半年。"

"我也知道你，南校区的名人，成绩不算顶尖，但其实实力很强。钢琴弹得特别漂亮。知道吗？我一直在隔河聆听。我觉得最近两个月你常弹的那首乐曲特别好听，我能听出乐曲内禀的力量，内禀的苍凉。"

"是你用激光……"

何如风爽朗地说："是我。我知道高考后咱们就会各奔东西，也许再也不会见面，我们会在人生之路上就这么擦肩而过。"她笑着说，"我有点儿不甘心，尤其是在听了你几个月的钢琴后。咱们住得这么近，近得能听到你的琴声，也算是缘分吧。"

这句话让小剑心潮澎湃。"那你明天有时间吗？上午 10 点，中心公园大草坪，好吗？"

"好的，明天上午 10 点，中心公园大草坪。"

何如风笑着与他告别，走进小区。小剑回家，在大门口等着。很快，对面十楼阳台上射来一道激光，而小剑也用激光回应。这样的隔空聊天持续了一会儿，两人又点动激光，互相告别。

回屋后小剑很快入睡了，怀着一种"醉香"，怀着对明天的渴望。他不知道，莎菲一直在悄悄关注着两人的交往，无论是两人在那个小区门口的相见，还是刚才的空中聊天，她都隐身在暗处。小剑睡着了，而莎菲一直呆坐着，心中波浪翻滚。最终她做出了某种重大决定，然后用耳豆同大妈妈通了电话，对明天做了一个重大的部署。

陈影对这些情况一无所知，而隐身的戈亮悄悄关注着。

第二天上午 10 点前，中心公园大草坪上，何如风提前到达，穿着绿色吊带裙，平静中有按捺不住的欣喜。很快小剑也到了，他见何如风已到，赶快向这边跑过来，傻傻地笑着，不知道第一句该怎么说。何如风开门见山地说：

"不唐突的话，可以问你一个私人问题吗？"

"你说。"

"这几个月来，我认真打听过你的情况。听说你一直在自学大学物理课程，主要是量子力学，连高考前都没中断，甚至多少影响了几次摸底考试的成绩。你的学习动机据说和一台仪器有关，它牵涉你出生前就失踪的父亲，而他是 300 年后来的时间旅行者。是这样吗？同学们中都在传这件事，都觉得你很神秘。"

小剑点头："是的，我爸爸是乘坐量子态时空隧穿机来的，但在我出生那天失踪了。他的身体再度量子化了，但还保持着某种团聚性。我小时候能看到他的影子，光屁股，光张嘴不说话。但我长大后失去了这个特异功能。"他长叹道："真想再见他一面啊。妈妈就更不用说了，18 年来一直在苦苦等他，等得好苦。后来我就发下誓愿：研究出一台量子信息增强仪，尽早把我爸从量子监狱中救出来，也把我妈从苦守中救出来。"

何如风对他的境遇很同情，但并没有说什么安慰话，只是说："知道不？我报的志愿是理论物理专业，也在提前自学大学课程。我想，我可以帮你，一起干。"

小剑非常欣喜："太好了，能有人陪着我一同攀登这座险峰，这可太好了。那咱们这就说定了，谁也不许中途退出。"

"说定了，谁也不许中途退出，谁退出谁是小狗。"

两人笑着拉钩，四目相对，都有点相见恨晚的感觉。忽然大草坪另一边有明显的喧闹，那儿的草地上有一个明亮的光团，周围的人群都在关注它，有的人已经开始往那儿聚集。小剑和何如风正是好事的年龄，当然也不甘落后。他们赶到时，光团已经基本熄灭，余光中是一位表情尴尬的妇人，穿着普通的家居服，赤着双脚，怀中抱着两个赤裸的幼儿。妇人看到小剑赶来，表情更为尴尬，而小剑则是震惊——这是莎菲！不过不是今大的莎菲，而是大约 30 岁的莎菲。她的身躯丰满，胸脯高耸，怀中两个光屁股幼儿唇红齿白，胖嘟嘟的，十分可爱。妇人看着小剑尴尬地说：

"小剑，是我，31 岁的我。这是一次量子态隧穿过程中丢脸的失误，让你看到了不该看到的场景。我这就返回。"她犹豫片刻，

"既然撞上了，你就见见你未来的双胞胎儿女吧。点点，豆豆，喊爸爸。他是爸爸，但他是12年前的爸爸。"

两个孩子奇怪地看着这个既陌生又有点儿熟悉的爸爸，犹豫着，不过最后还是奶声奶气地喊了"爸爸"。戈小剑满脸通红，当然不能答应。一个18岁的高中生，忽然莫名其妙地成了爸爸，而且——是当着何如风的面！但一个内心声音告诉他，这很可能是真实的未来。那两个可爱的光屁股幼儿也击中了他心中最柔软的地方，让他提前尝到父爱的滋味。他心情复杂，不知道该怎么办。何如风同样心情复杂，因为姑娘的直觉告诉她，眼前的场景可能是真的，是未来场景的预演。她也尴尬地沉默着。

莎菲难为情地自嘲："这个场面确实太尴尬了，都怪我。我这就消失，再见。这位姑娘，再见。"

她按着耳豆说了几句，一个明亮的光团霎时出现，把母子三人罩在其中，他们的身影在光团中扭曲、融化，很快光团也消失，只有莎菲穿的衣服蝉蜕在草地上。周围的人非常吃惊，一片哗然，有人想拍照，但事态发展过于快速，拍照也来不及。何如风从震惊和尴尬中平静下来，笑着说：

"这就是你说过的量子态时空隧穿机？今天大饱眼福了。还要真心夸一句，那两个粉嘟嘟的小家伙太可爱了，我好想抱抱，可惜他们消失得太快了。"她略微沉吟，叹道，"戈小剑，看来咱俩注定要在人生之路上擦肩而过，这就告别吧。不过，咱俩的那个约定仍然有效，因为那本来就是我的人生目标，咱俩共同努力吧。"

她很遗憾，也免不了沮丧，但果断地离开了，小剑犹豫着，没有挽留。在这件事上他没有任何过错，满可以向何如风解释清楚的。但在内心中，他又觉得刚才看到的场景也许是真实的，是真实的未来，他对那匆匆来去的莎菲母子也充满怜爱，所以心情十分矛盾。他走过去，捡起莎菲留下的衣服，衣服尚有体温。他震惊地发现，这是妈妈的衣服！就是那天莎菲（19岁的莎菲）隧穿到他家后，妈妈匆匆拿来给她遮体的那身衣服。

隐形的戈亮悄悄观察着这一切，只有他知道这件事的全部脉络。昨天晚上，莎菲在同大妈妈通电话时他就在旁听。虽然他只能听到莎菲的单边通话，但大致能猜出两人通话的全部内容。

莎菲对大妈妈说："在某一段历史中，我和戈小剑是夫妻，还生育了一对可爱的双胞胎。当然，自从我回到现在，那段历史有可能被更改，我引发的蝴蝶效应有可能造成我不愿出现的结果，比如，小剑被何如风夺走。但我不甘心，非常不甘心！这两人的关系发展到今天，已经很难修改了，我不得不做一件超越常规的事，以便让历史回到原位。"

大妈妈温和地问："我能为你做什么？"

莎菲说了她的计划，那确实是一个大胆的计划。大妈妈一个劲儿摇头，担心地说：

"不妥，这个计划很不妥。时空隧穿中有一个潜规则：一个时间旅行者如果多次返回，一定要避免两个自己在某个时空相遇，否则就有可能像双缝实验中的那两道同相波，互相发生干涉，甚至造成两个个体的湮灭。过去我就非常小心，从来没有让多次返回的同一个体出现在同一时空点。"

莎菲机敏地说："你没有做过，也就是说，你说的灾难并没有实际发生过。”

“对，没有实际发生过。但理论上有这样的可能。”

莎菲沉思片刻，问：“如果真的发生这样的灾难，对戈小剑有没有影响？”

“那倒不会。那是两个同相个体的相互干涉，绝对影响不到其他人。”

莎菲果断地说：“那我就试一试，当历史上试吃螃蟹，不，试吃箭毒蛙的第一人！如果我真的湮灭，那你就记住这个教训，把这一点作为时空隧穿的第一禁令。这是我个人的意愿，即使出现事故，也与你无关。”大妈妈还在劝说，莎菲坚决地说：“不用劝，就这么定了！”

大妈妈叹息一声，只好执行。

在那个瞬间，戈亮对这位姑娘充满了敬意，佩服她的果敢无畏，为了爱情甚至敢于拿生命来冒险；也感动于她对小剑的情意——她在决定冒险时首先关注的是小剑的安全！戈亮对她的安危非常担心，觉得这个决定太冒险了。不，还不光是冒险，也不妥当，在男女相处之道中很不妥当。莎菲这样的干预过于强势，也许会适得其反，造成她与小剑的严重隔阂。他想劝莎菲慎重，可惜，在莎菲没有开启那台仪器的情况下，他同莎菲的交流也是单向的，他只有眼睁睁地旁观着莎菲按自己的意愿走下去。

刚才，在公园草坪上，19 岁的莎菲拿着一套衣服在焦急地等待。光团出现，31 岁的莎菲抱着两个孩子出现，三人都是裸体。两位莎菲配合默契，年轻莎菲立即接过两个孩子，两个孩子惊奇地看着这位既陌生又似乎相识的年轻妈妈，没有哭闹。裸体的莎菲迅速接过衣服，穿上，又接回孩子，而年轻莎菲则迅速溜走，因为看热闹的人群已经开始向这边聚拢，尤其是小剑和何如风也在向这边赶来。

在年轻莎菲溜走后，隐形的戈亮长舒一口气。谢天谢地，两个莎菲见面时，并没有出现大妈妈预言的灾难。从这一刻起，戈亮真心把莎菲认作未来的儿媳。虽然何如风也是一个很好的姑娘，但戈亮只能把天平倾向莎菲这一端了。

小剑从公园回家后言行如常，但他的平静是假的，是刻意维持的。莎菲"做贼心虚"，悄悄地观察着他。而隐形的戈亮在观察着所有人。小剑等妈妈去厨房做饭时，唤来莎菲，把那件衣服展示给她：

"莎菲，这是你时空隧穿来的第一天，我妈给你的衣服吧。我猜，12年后的莎菲是你故意召唤来的，为的是把何如风从我身边赶走？"

莎菲很尴尬，懊恼地承认："该死，我该买一件新衣服的，不该犯这样的低级错误。其实这场戏就是穿帮也无所谓的，反正我让你看到的是真实的未来，我只是想用这个行动亮明我的态度。作为妻子有一点吃醋，算不上罪过吧。"

小剑心绪复杂，冷淡地说："也许我并不反感这样的未来，但我的人生之路怎么走，不想受别人控制，哪怕是我的妈妈，我那个没见过面的爸爸，或者我未来的妻子。"

莎菲苦笑："但我辛辛苦苦策划这次返回，动机与你完全相同啊。我同样讨厌被人控制，不想受大妈妈控制，不想整个人类被大妈妈控制！我没想到事与愿违，弄出这么一个结果。不过我尽心了，会坦然地接受失败。我这就走，回到 300 年后。"

小剑心情复杂，对莎菲既有怨恨，也有不舍，但最终没有挽留。旁观的戈亮虽然非常同情莎菲，但也无法可想。莎菲随即把陈影喊来，平静地说，她马上要走了。陈影非常吃惊，看看儿子，儿子表情冷淡，没有任何挽留的表示。陈影知道两人肯定吵架了，而且吵得相当严重。她只有尽量挽留莎菲，莎菲苦笑道：

"阿姨你别劝了，劝不动的。阿姨，我马上同叔叔联系，看他是否和我同机返回。"她对小剑说，"我答应过的，我走后这件仪器留给你。虽然这台仪器不能与你共振，对叔叔与家人交流不起作用，但对你的研究还是有用的。留给你，也算是留一个念想吧。"莎菲打开那台仪器，向周围呼唤戈亮："叔叔，你在家里吗？"

戈亮马上说："莎菲，我就在你身边。你昨天到今天的所有行动我都知晓，我完全理解你的苦心，但你这次的行动确实太莽撞了，小剑有怨气也很正常。可惜你一直没开增强仪，我无法劝你。你先回去也好，冷静一段时间再说。不过这次我不想和你同机返回，我还是要等小剑上了大学之后再回去。"

"好吧，我会随时关注，等小剑上大学的事情确定后，我再来接你。"

莎菲把戈亮的意见向阿姨做了转述。陈影与她依依不舍地告别，而小剑尽管心潮翻滚，对莎菲也不乏歉意和惋惜，但最终没有挽留。少顷，一个明亮的光团出现，淹没了沮丧的莎菲，然后莎菲和光团一块儿消失了。

莎菲走了，何如风也"走"了，爸爸则一如既往地隐形，这个院子忽然安静下来，安静得令小剑觉得寒冷。这些天，在自学大学课程和练琴之外，小剑常常独自出门，说是找同学玩，实际上常常一个人坐在小溪旁，默默地盯着对岸那幢楼房的十楼阳台，那儿不会再有一道细细的红光射来，轻轻抚摸他的胸膛了，自己也不会用激光朝那里"叩门"了。小溪杂草丛生，蚊子多得撞脸，但他仍然一晚又一晚地坐在这儿。

有时他也会到中心公园大草坪，光团曾经出现的那个地方，默默地坐一阵。但那儿也不会再有31岁的体态丰腴的莎菲和两个光屁股小家伙了。

他难以排解心中的郁闷。他承受了太多人的爱，十分浓烈的爱。但这些爱也化为绳网，把他紧紧缚住，令他不能自由伸展身体。妈妈爱他，不过妈妈总是想引导他走向音乐之路，以践行对逝者的承诺。妈妈尽量做得不露痕迹，但18年的"不露痕迹"累积下来，她的心意也早就昭然了。问题是，这个方向与他的志向并不符合。他想投身科学，除了内心的呼唤外，还有一个重要的功利目的：想把爸爸，那个从未谋面的爸爸（幼时只看到过他的影子），从量子监狱中救出来，把妈妈从情感监狱中救出来——偏偏这个志向又与爸爸的人生诉求完全冲突！

何如风喜欢他，至少已经默默关注他半年了，而从"激光聊天"之后，尤其是两人见面之后，他也立即喜欢上这个容貌普通的姑娘，因为和她的相处最轻松，两人可以挽着手向同一目标前进。他没想到，这个过程会被一桩"未来的婚姻"活生生斩断。

莎菲其实是个很好的姑娘，莎菲带来的《生命之歌》是对他心灵的重大启迪。只是他一直把她看成"未来之人"，所以有潜意识的疏离，但她突然用一个"未来的婚姻"把两人拴在一起！这件事她做得过于强势，引起了他强烈的反感。尽管有反感，但那个31岁的丰满的莎菲，还有她怀中两个粉嘟嘟的小可爱，已经永远卧在自己的意识中，排解不掉了。

自己该怎么办？以后的路该怎么走？不知道。太多的两难绞在一起，让他无法自由飞翔。也许一切的根子是爸爸，是他那次草率的时空旅行，把过多的"明天"的东西压在自己尚属稚嫩的、高中生的肩膀上。

而且，此时此刻，也许那个隐形的爸爸还在身边，默默地看着自己呢。他的目光中有不可承受之重。

下午小剑回家，刚打开院门，妈妈就迎出来，笑着说："小剑你今天没带手机，联系不上你。中央音乐学院的章教授等你两个小时了。"

妈妈身后是满头白发满面笑容的章教授。小剑颇为吃惊，虽然那次艺术校考时章教授对自己很激赏，但没想到在自己明确拒绝之后，他还是不远千里专程来家拜访。虽然于心不忍，但他还是直率地说：

"谢谢章爷爷专程跑一趟。章爷爷，我当时说过的，我天生是理工男，还是想学理工。我报的是中国科技大学物理专业，这次考得不错，应该能顺利被录取。抱歉了。"

妈妈笑着说："小剑，你这么快就拒绝，章教授可太失望啦。"

几天来累积的郁闷从心底泛出来，他不快地反戗妈妈："恐怕最失望的，是我那位从未谋面的爸爸吧！"

妈妈苦涩地说："你爸爸从来没让我干涉你，这完全是我的意见，是我单方对他的承诺。孩子，关于你爸爸的一生，我一直没正式对你说过，今天都告诉你。"

她平静而伤感地讲述了戈亮的一生。小剑认真地听着，聆听时伴着一个随意的想法：隐形的爸爸可能也在旁听。章教授同样认真听着，听得很动容，没想到这个家庭竟然背负着这么多的沧桑。妈妈最后说：

"大妈妈早就说过一个观点，而且我也相信它，那就是：时间旅行者改变不了历史的主线，最多改变一些历史的细节。所以我对你爸爸的承诺能否兑现，其实都不会改变历史主线。我只是不想让他的牺牲显得毫无价值。当然这只是我的希望，是我的自由意志。你也有自由意志，你的人生之路最终要由你自己来选取。其实音乐也是你的所爱，难道你不喜欢音乐吗？"

小剑说："我喜欢音乐，更喜欢科学。但是妈妈，你难道不了解我的内心吗？我想投身科学，除了响应内心的呼唤、内心的科学情结外，还有一个强烈的功利目的，就是想亲手把爸爸从量子监狱中解救出来。"

妈妈很感动，苦涩地叹道："我怎么会不知道啊——可是，这条人生之路与你爸返回现在的目标正好相反。"

一直旁听的章教授笑着说："小剑，你对我今天的家访不要有压力，我只是想问问《生命之歌》的由来，我对它很感兴趣。校考时，你说这首乐曲的作者佚名，是这样吗？"

小剑对这个问题其实一直迷惑不解，他困惑地说："这首乐曲因为牵涉两次时空旅行，所以无法抽提出清晰的脉络。是这样的：我在少儿时期算得上'天赋异禀'吧，能听到大自然的律动，听到小草蚂蚁唱歌。在我初学钢琴时，常常把这些大自然的音符随手弹出来，形成了一串简单的旋律，但我只是即兴弹奏，算不上乐曲。真正的乐曲是几个月前，一位叫莎菲的姑娘从300年后来到我家，教给我的，其主旋律确实与我儿时的自创曲有相当的吻合。据莎菲说，《生命之歌》是300年前流传下来的佚名乐曲，这么说，也许它的原创真的是我？可是这其中另有一个因素：19年前我父亲跨越时空来到我家后，也弹过一首相对简单的《生命咏叹》，它无疑是《生命之歌》的前身。听妈妈说，她怀了我之后，爸爸常常弹这首乐曲，对我进行胎教。这么说，我所谓的'天赋异禀'其实只是爸爸胎教的结果？可是，爸爸同样说过，《生命咏叹》是300年前流传下来的佚名乐曲，那么，它的开端又在哪儿？妈，我说的这些情况都不错吧。"妈妈点头。小剑苦笑着摊开双手："章教授，就是这样。由于有时空旅行参与其中，这首乐曲的由来形成了一个闭环，闭环内还有多次正反馈。弄到最后，完全无法厘清哪是最初的开端。"他忽然加一句，"这件事被时空旅行弄得太复杂了，就像我的18年人生。"

妈妈有些吃惊，看看小剑。她没想到18岁的小剑会说出这样沧桑的话。直到此刻，她才真正理解儿子心中的重负。

章教授略微考虑，干脆地说："我认为我能找出这个封闭环的开端。所谓胎教，比较虚无飘渺，至少是证据不足吧，所以这个封闭环应该在这儿剪开，也就是说，你才是这首乐曲的原创，你的儿时弹奏就是这个封闭环的源头。"

小剑笑着摇头："是吗？我还是不敢贪天之功。"

章教授沉默一会儿。"给你们讲一个故事吧，有关历史上著名的二胡大师、瞎子阿炳的故事。听完这个故事，你们就会明白我此次来的心意。"

陈影看看儿子："好的，我们洗耳恭听。"

老人语调舒缓地讲了历史上阿炳的悲剧：

1949年春天，世道纷乱的时刻，经音乐大师杨荫浏的推荐，另一位著名音乐家储师竹（民乐大师刘天华的大弟子）收了一位年轻人黎松寿做学生，历史就在这儿神奇地接合了。一次，作为上课前的热身，学生们都随便拉一段曲子，在杂乱的乐声中，储师竹忽然手指黎松寿，说："慢着！你拉的是什么曲子？"

黎松寿说："这段曲子没名字，就叫'瞎拉拉'，是无锡城内的瞎子乐师阿炳街头卖艺时常拉的。我与阿炳住得很近，没事常听，就记住了。"储师竹让其他人停下，说："你重新拉一遍，我听听。"

黎松寿凭记忆完整地拉了一遍。储师竹惊喜地说："这可不是'瞎拉拉'！这段乐曲的功力和神韵已达炉火纯青的境界，是难得一见的瑰宝呀。今天不上课了，就来聊聊这位阿炳吧。"恰巧同在本校教书的杨荫浏过来串门，便接上话题聊起来。阿炳原名华彦钧，早年曾当过道观住持。他在音乐领域天分过人，专攻道教音乐和梵乐，各种乐器无不精通。但阿炳生活放荡，30岁时在烟花巷染病瞎了眼，又染上大烟癔，晚年生活极为困苦。好心女人董彩娣收留了他，每天带他去街上演奏，混几个铜板度日。

几位音乐家商定要录下阿炳的琴曲。1950 年 9 月，新中国刚成立，百废待兴的时候，他们带着一架钢丝录音机找到阿炳。那时阿炳已经久未操琴。三年前，一场车祸毁了他的琵琶和二胡，当晚老鼠又咬断琴弓，接踵而来的异变使阿炳心如死灰，他想：大概是天意让我离开音乐吧。客人的到来使他重新燃起希望，他说："手指已经生疏了，给我三天时间让我练一练。"客人从乐器店为他借来二胡和琵琶，三天后，简陋的钢丝录音机录下了这些旷世绝响。共有：二胡曲《二泉映月》《听松》《寒春风曲》；琵琶曲《龙船》《昭君出塞》《大浪淘沙》。

阿炳对自己的演奏很不满意，央求客人让他练一段时间再录音，于是双方约定当年寒假再来。谁料，三个月后阿炳即吐血而亡！这六首曲子便成了阿炳留给人类的全部遗产。

章教授苍凉地说："每当回忆起这段史实，我总有胆战心惊的感觉。假如黎松寿不是阿炳的同乡，假如他没有记住阿炳的曲子，假如他没在课堂上顺手拉出这段练习曲，假如储师竹先生没有过人的鉴赏力，假如他们晚去三个月……太多的假如啊，任一环节出了差错，这些人类瑰宝就将永远埋没于历史长河中，就像三国时代嵇康的《广陵散》那样失传。失去《二泉映月》的世界将是什么样子？我简直难以想象。"

章教授又说："这六首乐曲总算保存下来了，可是另外的呢？

据说阿炳先生能演奏 300 多首乐曲，即使其中只有十分之一是精品，也有 30 首！即使只有百分之一是《二泉映月》这样的极品，还有三首！可惜它们永远失传了，无可挽回了。"

老人说到这儿已经心潮激荡，微微喘息着，目光里燃烧着少年般的激情。他说："可是，我告诉你们，小剑的《生命之歌》绝不亚于阿炳的乐曲！阿炳的《二泉映月》当然是人间的一首绝唱，但那只是个人的绝唱，是个人对命运的呐喊，是个人对大自然之美的讴歌；而《生命之歌》是生命群体的绝唱，是所有生灵对命运的呐喊，对大自然机理的讴歌。我在聆听它时感受到深刻的共鸣，不仅是心灵的共鸣，甚至是基因深处 DNA 双弦的共鸣。可是，恕我直言，这首乐曲还没有磨到极致，它更多是一首即兴曲，一首随想曲，还不是能够传世的极品。如果任这首乐曲在时间的冲洗下埋没，那是这一代音乐人的犯罪和耻辱。"他诚恳地说，"小剑，小剑妈妈，这就是我今天来的目的。我想和小剑联手，把它打磨成一首完美的钢琴协奏曲，让它永远光照人间，永远在时空中鸣响。可以吗？事先声明，这首乐曲是属于小剑的，我不会署名。"

他企望地看着小剑和陈影。小剑沉默良久，不管这首乐曲到底算不算自己的原创，他同样十分看重，但他实在不想改变自己的人生之路，放弃对科学之神的皈依。章教授又加了一把火：

"我冒昧提一个折中意见：小剑可以保留中科大的学籍，但延迟一年入学。这一年先在我门下进修，把《生命之歌》打磨好并由小剑进行公演。公演后你究竟走哪条路，你自己决定。"

小剑沉默良久。他很想自由选择人生之路，但世上有太多的力量在阻挡着他，关键是这些阻挡都有他无法拒绝的理由，都有他无法拒绝的情意。他最终沉闷地说："好的，我答应您，为了你的苦心，也为了妈妈和爸爸的心愿。"

章教授几乎喜极而泣："太好了，谢谢你小剑，能有这个结果真的太好了。"

章教授十分急切，戈小剑本人也十分急切，因为他们的约定期只有一年，对于打磨一首极品乐曲，一年的时间实在太短了。两天后戈小剑和妈妈就坐上了去北京的高铁，妈妈一路相送。何如风被保送到复旦大学，不过还不到报名的时候。她在南都高铁站为小剑母子送行。

三人都有些怆然，有些怅惘。一场本来应该很美好的恋情，却突然被一个"未来的婚姻"齐生生斩断！陈影很为这个姑娘遗憾。三人都明智地躲开这个话题，保持着表面上的平静。小剑说：

"何如风，我给你留下一件礼物，就是莎菲留下的'量子信息增强仪'，一年内我用不上它，你先用吧。我的一些研究心得也留给你，很初步的，不知道对你有没有用。但至少这件仪器肯定有用，所谓'量子信息增强'，与'量子退相干'本质上是一致的，而且它代表了300年后的技术水平。但事先说好，这件仪器一年后要还给我。"

何如风很高兴，也很感激："这是最宝贵的礼物！我一定认真研究它。你放心，一年后一定璧还。"

"不过暂时还不能给你，先放我妈那儿。莎菲说她不久要返回，她返回后需要这件仪器与我爸爸交流。等她走后，让我妈给你吧。"

陈影心中欣赏儿子的细心，这说明他把爸爸的事情时刻放在心上，尽管他对爸爸心有怨念。何如风说："好的，我等莎菲走后自己去取。也回赠你一个小礼物吧。"

她把一个小巧的激光电筒交给小剑。小剑看看她，默默收下，知道她这是为那段恋情画上句号，或者换一个角度说，她希望小剑能把这颗珍珠珍藏到记忆的蚌壳里。何如风问陈影：

"阿姨，小剑上大学后，是不是叔叔也要离开了？"

"是的，按几个月前的约定，他准备在小剑上大学后，随同莎菲一块儿回去。后来莎菲提前单独走了，但答应到时候来接他。"她笑着，提前截断了何如风的话，"小何你不用安慰我，虽然那将是一场生离死别，但那是为了他好，我想得开。"她遐想地说："不知道这会儿他在不在场，按说他会来为儿子送行的。"

她忽然愣住，惊喜地摸着自己的右脸颊："阿亮是你在摸我吗？我不能确定，你再摸我一次。对，我感受到了你的再一次抚摸。"她对儿子说："你爸爸也在这儿为你送行。他一定为你高兴，当年你在妈妈肚子里时，他就常常为你弹奏这首乐曲。"

小剑心情复杂。分手在即，他心中有对妈妈爸爸（其实还应该加上何如风）的不舍，也有一些莫名的烦躁。他能感受到爸爸的爱、妈妈的爱、莎菲的爱，但这些沉甸甸的爱，加上他们对自己的沉甸甸的期望，编织成了一张大网，阻挡着他自由飞翔。不过他还是礼貌地说：

"谢谢爸爸。爸爸，您等着我的量子信息增强仪。何如风也开始了对它的研究，说不定她更早成功呢。"

他们与进站口外的何如风依依挥别。

陈影送儿子入学后返回家乡，现在儿子这边大局已定，而丈夫离别在即，她要抓紧享受与丈夫的爱情生活，虽然基本仍是她单方面的倾诉。十几天后，莎菲突然再次出现，她神采飞扬，看来已经完全抚平了上次的"失败之痛"：

"我又回来啦！阿姨快给我一套衣服！小剑你先不要出来，等我穿好！"

陈影赶紧拿来衣服，待她穿好后同她热情拥抱，遗憾地说："你来晚一步，小剑提前去上学了。不是合肥的中国科技大学，而是北京的中央音乐学院。听到这个消息，你肯定很开心吧。"

她讲了章教授那次突然的造访，讲了章教授与儿子的一年之约。莎菲听得眉开眼笑："我当然开心啦，这说明我上次的时间旅行还是很有成就的。至于小剑一年后还要回归量子力学——我已经想开了，凡事都只能尽人事听天命，大妈妈的诞生也许是挡不住的，那就让它来吧。阿姨，我又带来一个好消息！"

"什么好消息？"

莎菲卖关子："披露消息之前，您先看看我的后背。"

陈影掀开她的上衣，后背上密密麻麻满是刺青，与腹部和大腿部的刺青一样，仍是电路图纸。莎菲兴高采烈地说：

"大妈妈找到了那台仪器对您无效的原因，是仪器的效能与使用者脑电波的波形有关，增加一个增益装置就有可能解决。我背上就是新仪器的图纸。"她哀哀地说，"为了您和叔叔的爱情，我可是做出了最大牺牲，糟蹋了这么好的皮肤，现在我可以说是'体无完肤'了。阿姨，心疼心疼我，求抱抱。"

陈影笑着与她拥抱，心中确实蛮心疼的："莎菲，真的感谢你。

你是个热心肠的好姑娘，你的心是金子做的。"

"您把我背上的图纸拍照下来，我这就找零件和材料组装，两个小时就能完成——要不，我先把原来那台仪器开启，帮您和叔叔先来一次交流？"

陈影略一踌躇："不，等你装完新仪器吧，我盼着与阿亮直接交流。"

莎菲风风火火地干起来，好在她对小剑实验室的一切已经熟门熟路，又有上次的经验，很快就完成了组装。她说："阿姨，我要开启了。叔叔您在这儿吗？我要开启了。阿姨，叔叔在这儿，就在您身边！您能看见他吗？"

陈影四处观看，困惑地说："还是看不见啊——我看见了！虽然只能看见一个模糊的虚影，但我知道这肯定是阿亮的身影。阿亮，我看到你了！"

"是吗？我再调整参数。阿姨，您试试能听见他吗？叔叔，您和阿姨说话。"

戈亮哽咽地说："影姐，我想你，想得好苦。"

陈影听见的声音比较微弱，但仔细辨听还是能听清的。陈影激动地上前一步，把那个虚影揽在怀中，语带哽咽："阿亮，我也想你啊，想得像你一样苦。你身体状况怎么样？"

"还可以吧，比起上次莎菲回来时变化不大。"

两人交流时，莎菲尽力调整着仪器参数，询问着陈影的视听效果。陈影眼中的虚像逐渐清晰，但遗憾的是最终它仍是一个虚影，没有质感，没有清晰的轮廓边界。莎菲有点失望和沮丧，陈影反过来安慰她：

"不要懊丧，这已经是很大的进步了，至少我能知道阿亮是否在我身边，还能听见阿亮说话。我已经很满意了，很满意了。莎菲，太感谢你了。"

莎菲最后放弃了努力："我已经黔驴技穷了，只好再回去咨询大妈妈。不过也许用不着它了，反正叔叔马上就要跟我回到未来。什么，叔叔您说暂不回去？小剑不是已经上大学了吗？"

戈亮说："莎菲，影姐，我想再等一年，等小剑的人生之路正式确定后。何况，"他难为情地说，"既然现在影姐和我能够直接交流，哪怕是有限的交流，我怎么舍得立刻就走呢？我想多陪陪你。"

陈影急急地说："阿亮不要这样。我何尝不想多陪你几天？但你无法吸收能量，任何交流都在磨蚀你的生命，万一……你还是跟莎菲一块儿，尽早回去吧。"

"影姐你不要劝了。我没事的，对于量子幽灵来说，一年和一天没有太大区别。何况我没有违反承诺啊，"他笑着说，"我说过儿子上大学后我就离开，但儿子现在还没正式上大学啊，他只是非正式地进修。"

陈影对他的固执无可奈何，倒是莎菲想开了，豁达地劝道："阿姨，那就按叔叔的意见吧，其实这也蛮不错，能陪着相爱的人，即使早死20年也值。如果换成是我，也会和叔叔做同样的决定——抱歉抱歉，不该说这样不吉利的话。叔叔阿姨，我要走了，免得耽误你们过二人世界。"

她要离开了，但显然犹豫着，陈影猜到她的心思，说："你可以晚走几天，我让小剑回家一趟。"

莎菲摇摇头："他讨厌我控制他的生活，肯定还没原谅我，相见不如不见。再说，他的时间太宝贵，我不想打扰他。"

"那——至少通一次视频吧。"陈影没等她同意，立即打通了小剑的手机，"小剑，莎菲回来了，为我新组装了一台量子信息增强仪，改进版的，现在我能同你爸爸进行有限的交流了。真心感谢她。她要同你说话。"

莎菲接过手机，与手机中的小剑四目相对，一时无语。莎菲豁达地说："你好小剑，上次我让你看到的场景，虽然是一段真实的历史，但自从我返回后，这段历史受到干扰，也就不确定了。所以你完全不必在意它，尽管走自己的路吧，你想爱谁就爱谁。"

她没想到，这个"高姿态"的表态反倒惹火了小剑。小剑愠怒地说："这么轻松？这么轻易？你让我看到了两个孩子，我就那么冷血，让他们在时间之河中消失？"

莎菲只能苦叹："你的道德感、责任感也太强了吧，我说过，当这段历史受到干扰后它就不存在了，你完全不必为时空中的双胞胎幻影觉得负罪。像你这样把有的没的罪责都揽在自己身上，会累死的。其实我也一样啊，活得太累，为了你家的事，我一个外人在时空中来回奔波，最后还不落好。算了，就此告别吧。"

她懊丧地挂了电话，同叔叔阿姨告别。陈影在这种情况下一时也无法劝解，只能强为笑颜，与她挥别。

莎菲走了。小剑走后何如风常来串门，现在也去上大学了，临走前陈影把那台旧仪器送给了她。偌大的院中只留下两个人：陈影和只能以虚影出现的戈亮。但陈影已经很满足了。至少她现在能确定：阿亮就在身边，而且只要一开启那台新仪器，就能看到他，听到他的声音。十几年相隔咫尺却无缘得见，今天这样已经是不敢奢望的幸福了。人生如此，夫复何求？

从现在到戈亮返回未来，他们还能相处一年，两人都对这段时间十分珍惜。但实际上，陈影一直努力抑制着自己开启那台仪器的愿望，因为大妈妈说过，同这个"量子幽灵"的任何一次有效的信息交流都会耗费他的生命。她既想与戈亮像正常夫妻那样耳鬓斯磨，你侬我侬，又不想害得他在返回未来之前就突然弥散，所以每天都处在两难之中——但话说回来，世间哪一件事不是两难？连大自然本身都是由悖论组成的。

之后两人的相处基本仍是单向的，是陈影对那位隐形人的单向倾诉。陈影说："阿亮，小剑刚刚来电话了。他的学业十分繁重艰难，要在一年之内学会四年的音乐必修课啊，好在章教授给他开了很多小灶，指引了好多捷径，也略去了一切不关紧的内容。小剑说，章老对那部乐曲的打磨可以说是呕心沥血，简直是在燃烧自己的生命，自己若不全身心投入，就愧对那位老人。阿亮你开心吗？要知道，这首乐曲是你最先带来的啊。"

她说："阿亮，大妈妈刚刚来电话了，很关心你的身体。她说，莎菲回去后变了主张，不再关注怎样'杀死大妈妈'，而是深度参与移民运动，要跟玛丽同去。大妈妈说是我们改变了莎菲的政治观点，向我们表示感谢，实际这和咱俩关系不大。大妈妈还说，玛丽的'外星移民运动'正在扎扎实实地开展，真正成行恐怕还得十年八年。她让我告诉你不要担心，你回去后肯定赶得上。"

她说："阿亮，大妈妈来电话时，莎菲那丫头也同我聊了一会儿，七拐八拐地，尽是打听小剑的情况。她还是放不下小剑啊。特别是有一次，她同我说到那次两人拌嘴，就是小剑恼火地戗她："你让我看到了两个孩子，我就那么冷血，让他们在时间之河中消失？"她竟然感情失控，放声大哭！我感觉到她的大哭不是怨恨，更多是留恋；因为小剑的反戗其实也不是怨恨，而是不舍，对那个'有一对双胞胎'的未来的不舍。阿亮，我知道你喜欢那丫头，可惜她受到这次感情上的打击后，已经决定参加星际移民，此后与小剑银汉迢迢，相距100光年的空间和300多年的时间，恐怕当不了你儿媳了。"

这天她高兴地说："阿亮，小剑来电话，《生命之歌》将在8月30日公演。小剑说，这只是一次试演，地点在北京三十五中音乐厅。如果演出成功，被音乐界认可，章教授准备申请在国家大剧院公演。小剑说：'你们别小看这个中学的音乐厅，它的音响效果非常好，完全是自然声，满场混响时间为最佳的1.4秒，不亚于大剧院的音响效果！'"她感慨地摇头，"时间真快呀，不知不觉已经快过去一年了。正好大妈妈来电话，我已经通知她让莎菲回来，咱们三人一起去北京观看小剑的演出，之后莎菲就带你回到未来。今天是大喜的日子，我要开启增强仪了。"

她打开量子信息增强仪，没有看到阿亮。她问："阿亮，你在吗？奇怪，我眼睛出毛病了吗？怎么看见的东西都隔着一层薄雾？"

她听到微弱的声音，声音就在自己耳边："影姐，我在。"原来阿亮在拥抱自己，她刚才是透过阿亮的身体来找阿亮，难怪找不到。她也把那个薄雾般的身体拥入怀中，泪水不听话地滚落。也许这是两人最后一次拥抱。《生命之歌》公演后，阿亮同她永别的日子也要到了。

北京三十五中的金帆音乐厅内金碧辉煌，横幅上是一排隶书大字：钢琴协奏曲《生命之歌》汇报演出。音乐厅已经坐满了人，楼座听众和池座前排听众的年纪都比较大，衣冠楚楚，都是音乐界的资深人士；池座后排则大半为中学生，穿着同样的校服。三十五中课堂外教育以音乐为主，据说该校学生普遍有较高的音乐造诣。章教授和三十五中的女校长来迎接陈影和莎菲，四人握手，章教授还特意说：

"我知道，小剑爸爸，就是那位隐形的戈亮先生，今天也来了。原谅我肉眼凡胎看不到你，这儿一并问好了。"

陈影同他和女校长握手："谢谢，我替阿亮谢谢章教授的问候。也衷心感谢东道主，你们的音乐厅太漂亮了！"

女校长热情握手："这首钢琴协奏曲能在这儿首演，是我们的荣幸。预祝成功！"

陈影第一眼的印象，章教授比上次见面时苍老多了，看来小剑说得不错，他确实为打磨这首乐曲熬尽了心血。陈影再次表示感谢：

"谢谢章老，这一年您辛苦了，听小剑说这一年来您真的是呕心沥血。"

章老摆摆手："确实辛苦，小剑更辛苦。不过一会儿你们就能看到，这些辛苦是值得的。小剑这次演出肯定是大成功！"他又说，"我坚决主张在作曲栏署上'戈小剑'的名字，但小剑一直不同意，所以只好暂时署为'佚名'。我还要继续劝他，这是他应得的荣誉啊。"

他说小剑就不来迎接了，他正在一间密室里酝酿情绪，以保持最佳竞技状态。章老本人也要去换衣服了，今天他担任指挥。他把两位来宾安排到第一排坐下，还细心地多安排了一个空位给戈亮。然后他和女校长告辞走了。陈影聆听着此刻大厅里播放的背景音乐，问莎菲：

"这会儿播放的是什么乐曲？总觉得有浓厚的宗教感，听起来震撼心灵。"

莎菲在校读书时和戈亮一样专攻音乐，所以对古典名乐如数家珍："你的感觉很到位。这是天主教一首著名的圣诞颂歌《哈利路亚》，旋律雄浑、气势磅礴、和声优美，西方人耳熟能详的。它是德国宗教音乐家韩德尔倾尽心血之作。顺便说一句，其实小剑的《生命之歌》也有很浓的宗教感，再加上这座音乐厅的前身就是一座教堂，所以在此地此时播放一首宗教音乐来热场，也颇为应景的。我蛮佩服音乐会组织方，能选出这首热场乐曲。"

邻座有人知道了他们是今天主角的亲人，特地过来祝贺，她们也一一回谢。莎菲说："要不，把那台仪器打开，让叔叔也在大厅里现身？"

在儿子人生的重要时刻，陈影很想让戈亮坐在身边，哪怕只是一个虚浮的人影。但她想了想，还是谨慎地拒绝了："还是不要吧。如果大厅里出现一个幽灵，会影响秩序的。反正隐身状态并不影响阿亮听儿子的弹奏。你说呢，阿亮？好的，我感觉到了你的一次触摸，你表示了同意。"

大幕拉开，章教授挽着戈小剑的手走入舞台中央，在如雷的掌声中鞠躬致意。章教授穿着黑色燕尾服，戈小剑一身藏青色西装，两人都神采飞扬。小剑回礼完毕向台下扫视一遍，特意向第一排的妈妈和莎菲（还有隐形的父亲）点头致意。然后他正容坐到钢琴凳上，双手悬在琴键上方。舞台一侧的屏幕上打出有关信息：

演出曲目：钢琴协奏曲《生命之歌》

作曲：佚名

指挥：章一公

钢琴主奏：戈小剑

伴奏：中央音乐学院乐团

章指挥举起双手，轻轻按下。乐台上先是长期的寂静。那是生命诞生前的黑暗，漫长而幽深。然后章指挥轻轻点动指挥棒，暗夜中有了生命的微光，有了生命的零星音符。音符在暗夜背景上轻灵地跳跃，直到越来越多的音符出现，组成旋律。旋律重复，组成轻灵的音乐溪流，再汇成宏大的江河瀑布。乐曲极富感染力，时而高亢明亮，时而萦回低诉，时而沉郁苍凉；它展现了无序中的有序，奋争中的两难，展现了对生存的执着追求，对死亡的坦然承受。乐曲和生命之间有太多的相似，二者都是世上最神奇的东西：仅仅七个音符就能组成如此浩瀚、如此动听的音乐；仅仅四种核苷酸竟然能组成如此多彩、如此绚烂的生命。而且二者还有神秘的对应关系：核苷酸总数是 4，而八度音阶正好是它的 2 倍；基因重复产生进化，正像旋律的重复组成乐章。这些神奇的相似和对应关系在《生命之歌》中得到尽情的展现。

乐声在金帆音乐厅里鼓荡，它将跨越时空，汇成宇宙时空无声的律动。章指挥也进入了无我的状态，他的身心融化在音乐中，他的身躯犹如一个时而狂野时而沉静的精灵。

在这条音乐之河中，明亮的钢琴音始终居于波涛之上，引领着河流的流向。现在是《生命之歌》的终篇：死神降临。旋律转为苍凉舒缓，在肃杀中仍有希望在跳荡，那是暗夜尽头的微光，是坟茔上初开的生命之花，是新生命在子宫中的宫啼。死神降临也对应着生命重启，所以终篇的名字不应该是"死神降临"，应改为"生死相依"更为合适。乐曲结束了，大厅里是长时间的沉寂，沉寂，还是沉寂——然后是爆炸般的欢呼声。人们起身欢呼，后排的中学生们更是狂热地蹦跃。莎菲热泪盈眶，拥抱了陈影，喃喃地说：

"我完全迷醉了，比我教他的那个版本不知升华了多少层级。"

陈影也喜极而泣，对身旁的丈夫说："乐曲好，小剑也弹得好，他真正把握了乐曲的精髓。阿亮，这也是你的成功啊。"

听不到阿亮的回音，他此刻肯定也在为儿子的成功而陶醉吧。忽然舞台上有人惊呼："章教授！章指挥！"无数观众目睹了这样一个慢动作：在谢场的那排演出人员的中央，满头银发身穿燕尾服的章教授忽然摇晃着，慢慢委顿在地上。身旁的戈小剑反应敏捷，一把抱住他，尽量缓慢地把他放到地板上。他俯身向教授，似乎在急切地呼叫，但喊声被音乐厅中狂热的欢呼声淹没。

之后，震惊之波逐渐从舞台传到前排，从前排传到后排，大厅里陷入死一般的静默。

20分钟后，救护车把章教授拉走了。陈影和莎菲挤出人群，打听了老人去的医院，火速打车过去。赶到医院急救室，她们只见到默默饮泣的小剑，同样泪流满面的何如风在他身边努力劝解着。陈影急急地奔过去，心疼地把儿子搂到怀里。小剑哽咽地说：

"章老走前只来得及说了一句：'我无憾了。'"

莎菲含泪说："就像韩德尔。"她向陈影解释，"就是那首宗教乐曲的作者，在《哈利路亚》第一次公演完毕时，亲自担任指挥的韩德尔因过分激动而死亡。可以说，韩德尔，还有今天的章老，他们的灵魂永远附着在自己的乐曲上了。"

何如风对陈影说——实际是对莎菲解释自己的到场，她不想让莎菲有误解："阿姨，我是来听小剑演奏，顺便把那台量子信息增强仪还他，他马上要用到的。小剑，你马上要去中科大报到吗？"小剑点头。"但我听说，你还准备申请在国家大剧院公演？"

小剑忍住眼泪，说："章老师曾是这样的打算。但我决定不再往下进行了，就让这一次试演成为绝唱吧，是章老师的绝唱，是他的无字碑。"想想他补充道，"章老师一直劝我对这首作曲署名，我没有答应，今后更是永远不会答应。"

何如风伤感地摇摇头，没有劝解，把背包里的那台仪器拿出来给小剑，告辞离开。送走何如风后陈影忽然想起："趁你们都在，让你爸也现身，大家见一面吧。他马上要随莎菲走了，那基本是与我们永别了。"

莎菲取出随身带的仪器，开启，向四周寻找和轻声呼叫："叔叔，你在吗？戈亮叔叔？"没有回音，也没有他的影子。陈影心中忽然有不安的感觉。虽然在音乐厅一直没同阿亮交流，来医院时也没唤他，但依据常理，他一定会跟着自己来医院探问老人的生死。也就是说，此刻他应该就在身边。但为什么找不到他？莎菲扩大了寻找范围，仍没有结果。陈影忽然想道：

"莎菲，是不是你的这台仪器出了故障？正好旧的一台也在，打开试试。"

莎菲急忙从小剑手中接过那台旧仪器，开启，寻找呼唤，仍然没有结果。陈影心中的不安更加强烈，强笑着说："也许两台仪器不巧都有故障了。阿亮，我知道你在身边。咱们还用笨办法，你来摸摸我的右脸颊。"

她凝住心神，努力感觉右脸颊上是否有抚摸。没有。陈影的眼泪抑制不住地流下来，但她尽量安慰儿子：

"有可能他回家了。他说过，每当他的身体在弥散之际又复原，常常会自动出现在咱们家附近，就像那儿有无形的磁力。我这就动身回家。不，小剑你不用回，你要安排章老师的后事，还要与中科大联系复学事宜。你爸一有消息，我就通知你。"

小剑悲伤地答应了，这会儿他确实离不开，章老师的遗体还在太平间放着呢。

陈影匆匆回家，莎菲把那台旧仪器留给小剑，伴陈影同回。那个时刻陈影已经预料到：阿亮这次恐怕是彻底弥散了，不在这片时空了。他的量子身体本来就已经很虚弱，很可能是章教授的猝死给他带来强烈的精神震荡，让他失去了对自身的控制，进而弥散。回家后，她和莎菲一直开着那台仪器，长久地呼唤"阿亮"（叔叔）。她们在屋内寻找，在弯腰枣树下寻找，在葡萄架下寻找，在门外的小溪边寻找，在中心公园大草坪寻找。所有地方都没有他的踪影。

莎菲用耳豆同大妈妈通了话，那边同样没有他的任何消息。他就这样再度突然消失，就像落在火炉上的一片雪花。儿子办完恩师的丧事后，来电询问爸爸的情形。陈影不想让儿子伤心，事先已经考虑好了说辞。她谎说：

"你放心吧，你爸爸确实回家了。回来后，我和莎菲都看见过他的影子，但他显然已经很虚弱，不能同这边有效交流，有仪器也不行，同莎菲交流也不行，但他应该仍能看到听到我们这边吧。我想开了，权当是莎菲没有送来这台仪器，仍维持过去的单向交流就是，反正19年就是这样过来的。我仍准备按原计划，让他同莎菲一同离开，但愿他能听见我的计划。"

"好的，那我就放心了。"

挂断电话后，莎菲不满地问："阿姨，为什么要骗小剑？他是成年人了，有权知道真相，不管真相怎么晦暗。"

陈影悲凉地说："他从小就发誓，要把爸爸从量子监狱中救出来，我不能毁了他的希望，毁了他的人生目标啊。希望你也不要告诉他真相。"

莎菲哭了，没有再说什么，怆然同阿姨告别，离开了这片伤心之地。

她离开后，陈影仍然像过去那样，坚持同阿亮的单向聊天，日复一日，年复一年。虽然明知那个隐身的阿亮已经不在身边了，已经不在这个时空了，但她仍固执地欺骗自己：阿亮还在，在听自己的倾诉，甚至在摸自己的右脸颊。她娓娓地告诉阿亮：

"儿子去中科大上学了。

"儿子本科毕业后考了本校的硕博连读。

"儿子到中科院工作了，带领一个年轻团队，从事量子退相干领域的研究。

"何如风已经结婚了，而小剑到现在还是单身。看来，儿子虽然对莎菲那次的强势干预很不满，终究还是放不下她，放不下某个平行时空中曾经存在过的两个小可爱。"

她把家里的一切，当然主要是儿子的一切，事无巨细，全部告诉那个可能已不存在的阿亮。至于儿子方面，她一直维持着那个善意的谎言，说爸爸跟着莎菲回到未来了，但有时他的虚影还会在家里出现。所以，也许他在300年后没能让肉体复原，他还在两个时空之间游荡，在等着儿子的拯救。

直到十年后，儿子那里传来了噩耗。

这一年的八月盛夏是科学界的节日，量子力学的四大难题相继取得突破，包括戈小剑一直从事的量子退相干领域。媒体用通栏大号黑体标题报道：

　　30岁年轻女科学家何如风率领团队完成世纪性突破！成功实现宏观物体（仅限有生命体）量子态的退相干和复相干，这个成功最终能导致人体"经典态"和"量子态"之间的双向不失真转换！

短视频上，一位网络大V在笑嘻嘻地解释："是不是觉得何女士的突破很难理解？媒体报道中每个字咱老百姓都认得，合起来好像读不懂。我替大家翻译成大白话吧。捞稠地说，就是在何女士做出这个突破后，人们盼望几百年的时间机器就有可能实现了！跨星际人体传真也有可能实现了！上面说的'时间机器'和'人体传真机'实际是一个东西，准确的名称应该是'量子态时空隧道穿越机'。"

在这个成果公布前，何如风同戈小剑通了话，说她准备把戈小剑的名字列为研究团队的第二名。小剑恼火地说：

"说的什么话！成功者的施舍吗……"

何如风急急打断他的话："小剑，你先听我解释。我绝不是施舍，我知道那是对你的污辱。但你十年前慷慨赠予的那台量子信息增强仪，以及你对这台仪器的初步研究成果，确实在研究中起了敲门砖的作用。我不能昧着良心不承认你的功劳。"

"但这台仪器并非我的发明，而是莎菲从未来带来的。至于我在高中时那些非常初步的研究究竟有多大分量，我自己很清楚。"

"你的研究确实是很初步的，但其中包括一个观点：对不可感知的量子信息用某种方法增强，最终使它们能被人类感官所感知，这个过程和'量子退相干'本质是一致的。你还记得不？"

"大致是这样的，我当时说得比较简略。那只是我的直觉。"

"你的直觉非常宝贵！这些年我的研究完全是遵循它进行的。还有你赠送的那台仪器也非常珍贵，"她叹息一声，"这么说吧，如果是我，现在的我，而不是青春无邪的我，拥有这台仪器，我能否心无杂念，大手一挥，轻易把它送给竞争者进行研究，从而降低自己提前成功的概率，哪怕这位竞争者是我的好朋友？扪心自问，我真的不敢保证。"

小剑开玩笑："所以我才趁自己'青春无邪'时赶紧送你呀，免得以后后悔。开玩笑开玩笑。十年后的你仍是'青春无邪'啊，傻乎乎地非要把荣誉白白送人。"

"不是白送。我真心感谢你的慷慨，佩服你的无私，也想做一点适当的回报。"

"很好办啊，哪天我去你家，你亲手做顿正宗的家乡烩面，就算是回报了。"他决绝地说，"如风，如果你不想中断我们之间的友谊，就不要再提这件事。"他转为恶狠狠的表情，"你能想见的，作为一个失败者，我今天的心情可不是春光明媚，你不要再来触我霉头。就此闭嘴吧。"

何如风苍凉地摇头："十年了，你还是那个犟脾气。好吧，恭敬不如从命，那我就要公布成果了。"

戈小剑在夜色中一边狂怒地飙车，一边和妈妈打电话。他情绪激动地说："……可是我的团队明明已经做出同样的发现，正在整理，最多一个月后就能公布！是那个从未谋面的父亲耽误了我的一生！"

妈妈努力安慰儿子："小何提前告诉我这个喜讯了。她是这样说的：'这个突破做出后，戈叔叔如果还多少保持着微弱的团聚态，就能恢复肉体！'"

小剑激愤地说："没错，这确实是一件天大的喜讯，但这本来应该是儿子献给爸爸的礼物啊。现在我只能做一个终生的失败者。"

陈影忽然意识到儿子是在飙车中打电话，立即大声阻止，让他停车冷静一下。电话中只有呼呼的风声，然后是一声巨响，手机中断。

陈影热泪汹涌，哭着打北京的 110 和 120。

夜色中，一个人影飘然出现在高速飞驰的车内，在车内空间里困惑地飘浮——他不知道自己何以出现在这儿，甚至不知道他自身何以还能存在。这是仍然年轻的戈亮，是他在那次音乐会之后的第一次汇聚。他旁听着儿子和妻子的对话，听到儿子诅咒自己："是那个从未谋面的父亲耽误了我的一生！"他听着儿子痛苦的心声："但这本来应该是儿子献给爸爸的礼物啊。现在我只能做一个终生的失败者。"纵然他只是一个量子态的幽灵，作为父亲，他也是心如刀割。但这会儿他顾不上痛苦，也顾不上解劝儿子，因为他和千里之外的陈影在同一瞬间意识到了危险。他大声呼叫儿子停车，但儿子听不见也看不见他。他扑过去，力图踩刹车，但只是徒劳。眼见对面一辆大货车直扑过来，儿子的惊呼伴着一声巨响，一切沉入黑暗。

……量子状态的戈亮在夜空中缓缓浮现，痛苦地四顾。下面是两车相撞的惨烈现场，油箱被撞破，汽油和柴油在地上漫溢，可能马上会起火爆炸，他的儿子，还有货车司机，将在烈火中化为乌有。他似乎听到千里之外妻子绝望的呼喊，听到妻子在悲凉地自语：

"我的一生，作为女人的一生，实际是从 30 岁那年开始的，又在 31 年后结束……白发人送黑发人，这是我早就预感的结局。此后，我只靠咀嚼往日的记忆打发岁月。咀嚼你的一生，你父亲的一生，我的一生。还有我们的一生。"

戈亮在内心痛苦地呐喊：不能这样啊，我不能眼睁睁看着儿子送命，不能让妻子悲痛终生。他努力凝聚心神，凝聚最后一点气力，喃喃说：

"我是量子幽灵，我可以自由穿越时空，我能改变历史的。"

他回身跃入那个刚刚经过的时空。

在狂飙的车中，戈亮发疯般地喝止儿子。儿子忽然听见近在耳边的狂暴喊声，发现副驾驶座上竟然有人，震惊之下松了油门。戈亮手疾眼快地搬动方向盘。汽车打一个飞旋，惊险地躲过对面的大货车，在刺耳的刹车声中停在路边。小剑面向右座，震惊地问：

"你是谁？什么时候上的车？"

戈亮意识到儿子能够看见他！他大为震惊和欣喜。他试着扳过后视镜——镜子确实扳过来了！这是他自打变成量子幽灵之后的多少年来，第一次能移动实物——不，是第二次，刚才他已经搬动了方向盘，救了儿子。他在镜中清晰地看到自己，这也是他变成量子幽灵之后的多少年来，第一次看见自己的容貌，惊喜中也有愕然。镜中是一副20岁的容颜，比儿子更年轻，完全没刻上岁月的沧桑，皮肤光滑嫩生得让他自愧。儿子的手机仍开着机，手机中传来陈影焦灼的喊叫：

"小剑，快停车！停下车再打电话！"

小剑忙回答："妈妈，不用担心，我已经安全停车了。"

电话中听到她喜极而泣。

小剑摁断电话，两人下车查看。他们的汽车斜停在路边，已经撞上路边的护栏，但情况不严重。回头向远处看，距这儿大约100米，那辆大货车也是斜停在路边，路上有一长串清楚的刹车胎痕。司机跳下车，正满脸惊慌向这边跑过来。小剑狐疑地盯着同车人，稍稍迟疑后，断然说：

"你是爸爸，我在4岁前见过你！准确地说，见过你的影子。"

戈亮一时无语。父子时隔30年才第一次相认，这当然是天大的喜事，但想到刚才镜中所看到的20岁的容貌，他实在怯于自称爸爸。儿子经历了30年的光阴，30年的奋争和磨难，30年的酸甜苦辣、喜怒哀乐，而这些在自己记忆中只是一些模糊的不连续的片断，这让他有一种强烈的内疚感。忽然附近出现一个光团，它很快实体化，大妈妈的光子分身出现了。她看到戈亮，惊喜得近乎失态，高声喊：

"戈亮，你真的复活了？你真的恢复了肉身？我发现你的耳豆识别信号忽然恢复了，立即过来查看。"

戈亮苦笑："是的，刚才的车祸瞬间我忽然恢复了身体，我也不知道原因。可是，我这具身体实在太年轻了啊。"

戈小剑走过来，盯着大妈妈："我也见过你，我6岁那年你到过我家。你就是妈妈常说的什么'大妈妈'？"

大妈妈立即低眉敛首，恭谨之情溢于言表，恭谨得让戈亮难以理解。大妈妈说："我知道，你是戈小剑先生。向你致敬，你是历史的伟人。"

戈小剑面红过耳，尖刻地说："对，我差点成为什么'伟人'，只是不幸地与成功擦肩而过，你的历史知识可能还没来得及更新吧。都怪我妈妈，对我爸爸做出那个迂腐的承诺。但从根上说，都怪这位比我还年轻的爸爸，是他那次草率的跨时空行动扭曲了我的一生。"

戈亮在心中悲凉地说：不，我从来没要求你妈对我做出什么承诺。但他没有辩解，只是苦涩地轻轻摇头。大妈妈不以小剑的尖刻为忤，仍然恭谨地说：

"戈小剑先生，你是历史的伟人，你将永远获得后人的敬仰。"

小剑烦闷地摆手，那意思是"不要再说这些屁话"。戈亮在刹那间下了决心，问大妈妈："玛丽组织的新行星移民进行得怎么样了？我想回到300年后，参加移民。"

大妈妈说："新行星移民即将启程，我就是在飞船发射现场临时中断了发射，赶过来见你的。玛丽当然会欢迎你参加移民，但你妻子怎么办？你难道不留下来陪伴她？她苦苦地等你，等了多半个人生啊。"

戈亮第一次向妻子说起移民意愿时，其实是想骗妻子忘掉自己，让她从心理上接受再婚的可能；而现在觉得，这对自己可能真的是最好的路。他苦涩地说："我何尝不想见她啊，但我实在太年轻了，年轻得没有勇气与她相见，我不想在她61岁时，让一个未经世事的小白脸去扰乱她的心境。还有这位满腹怨愤的、比我还年长10岁的小剑，我怎么去当他的父亲？"

大妈妈理解他的难处："但你至少得回去一趟，和她话别啊。"

戈亮苦涩地摇头："我不敢回去，我知道一回去，就走不开了。"

旁边的小剑十分煎熬，在他心中，天生的父子亲情，还有对爸爸的怨恨，两者在激烈争斗。他终于开口了，口气变得温和，不过还多少带着奚落："喂，这位年轻的爸爸，还是跟我回家去吧。妈妈一直在盼你。"稍微停顿，又说，"我刚才说了一些率性的话，你不要见怪。我的本心是……爱你的。"这个"爱"字有点难以出口，但他还是说出来了。

戈亮被儿子感动，但仍果断地斩断亲情的羁绊："孩子，我不怪你。我知道你一直孜孜努力，想把我从量子监狱中救出来，我很感激你的情意。但这个时空已经不属于我。我要走了。"

他示意大妈妈立即离开。大妈妈遥控了一台量子隧穿机，光团出现，把两人淹没。临行前他向儿子高呼：

"告诉你妈妈，我很好！我不会回来了！"

他们消失了，留下愕然的小剑。刚才他对父亲冷言冷语，但父亲断然离开，给他留下的是浓重的不舍和内疚。不过，他毕竟已历经人世沧桑，悟出父亲不得不离开的苦衷，悟出那对父亲可能是更好的结局。生离死别之际，他完全解开了对父亲的怨恨心结，合掌为他们送行。

然后他接通妈妈的视频电话，伤感地说："妈，我见到爸爸了，比我还年轻 10 岁。他是凭自己的意志力复活的，刚才还避免了一场车祸，救了我。十年来，我一直在孜孜努力，想把他从量子监狱中解救出来，但我最终还是失败了。不过我不再怨恨他。"

妈妈再次喜极而泣，说话都有点颠三倒四："太好了，太好了，让他赶紧回来，不，让他赶紧和我通话。"

"可惜他已经走了，回到 300 年后，要赶去参加新行星的移民。他让我转告你，他很好，但不会再回来。妈妈，希望你理解他的决定。"

屏幕中的妈妈当然很失望，但更多是悲喜交加，一生的磨难已经给予她足够的坚韧和达观。她喃喃地说："他回去也好，也好，去新行星的奋斗会使他强悍，重新经历一个真正的人生。"她合掌祈祷，"感谢上苍，给了全家人第二次生命，你的、你爸爸的，甚至你妈妈的。祝你爸爸一帆风顺吧。"

我们

光团出现在南太平洋中心的中央人工岛，人工岛有半个澳洲大，通过辐射形的高速铁路、公路与其他大洲相连。光团消失，裸体的戈亮实体化，同时出现的还有大妈妈的光子分身。现场也有一个大妈妈，两个大妈妈在相遇瞬间就合而为一。面前停泊着一座巨大的量子态时空隧穿机，外形如龟壳，其身量有如一座大山，有数千个发射口，和当年戈亮等三人乘坐的那台袖珍隧穿机不可同日而语。现在它作为星际人体传真机使用，将把玛丽率领的移民团送往100光年外的"息壤星"。人工岛上聚集着3000个年轻人和大孩子，51岁的玛丽率领着他们，已经在隧穿机的发射口就位。但此刻他们暂时中断了发射，翘首以望地等着戈亮。戈亮的出现引发雷鸣般的欢呼，玛丽欣喜地迎过去，给戈亮送来衣服，帮他穿好。

大妈妈过来，敬畏地告诉戈亮："刚才时间仓促，我没来得及把有关历史告诉你儿子戈小剑先生。知道吗？他才是真正的新智人之父，是后人无比敬仰的先哲、先贤和先知。"

戈亮不由哂然："大妈妈，很感激你对我儿子的称赞，但你的……"他想说"马屁"的，但还是换了个说法，"你的褒扬分量太重了吧？"

"不，一点也不重。量子态网络一体化非自然智能的诞生，或者说新智人的诞生，绝不仅是因为那四个科学难关的突破，更是因

178

为戈小剑创作的《生命之歌》。它唤醒了人工智能的自我意识和生存欲望，也更强化了我们的人类之爱。"她解释说，"世上所有生灵有一个共性：都先天具有生存欲望，这也是生命之所以成为生命的原因。其他种种，如自我意识、爱、道德伦理等都是它的次生品。众所周知，生命的生存欲望是通过DNA向下一代传递，本质是一种数字化的表达；而《生命之歌》这首乐曲的主旋律，正是它的音乐化表达。所以，我无法表达对戈小剑先哲的深切敬仰，要知道，他是在幼年时期，智慧尚不成熟时，完全凭借一个孩童的天性，感知到了'小草、蚂蚁、蚯蚓的歌'，也就是大自然最深奥的东西。"她自嘲道，"凭着AI一向自诩的坚硬准确的科学理性，我真的无法理解他怎么能做到这一点，只能姑且归之为'神力'吧。"

历经风雨的戈亮已经看透世事，心情轻松地调侃："我和小剑临分别时他还满腹怨念，说我害了他，让他成为一个终生的失败者，原来他竟然成了后人敬仰的先哲！那么我们家只有我是一个彻底的失败者。我原想中断大妈妈你的诞生，却阴差阳错地生下了新智人之父？难怪我影姐曾严重怀疑，把我送到她身边是你的惊天阴谋。"

大妈妈笑了："AI并不是神仙。在把你们三个杀手送回过去时，我绝没有想到什么远缘杂交什么的。今天这一切都是阴差阳错，算是命运使然吧。这样的阴差阳错也不奇怪，要知道，试错法本来就是进化论的精髓，是生物进化过程最核心的机理。但不管怎样，现在我悟出了正确的同人类的共存之道：互爱共生，但是绝不做只会病态溺爱的大妈妈。"

玛丽歉然说："不得不打断你们的叙旧了。隧穿机发射在即，不能再耽误了。戈亮，听大妈妈说你想加入星际移民？"

"是的。我正是为此回来的。对移民征程的艰难和凶险我已经了解，你就不用重复了。"

"好，我阵前任命你作为我的副手，我一直在寻找一个年轻的副手，一个接班人。感谢上苍，让你比我年轻了30岁。现在请你就位。"

"稍等5分钟，我还有一件私事要处理。莎菲！你过来。"

莎菲从一个发射口跑过来，笑着调侃："戈亮叔叔，您恢复实体后，年轻得我不好意思再称呼您叔叔啦。"

"但我最后以叔叔的身份说几句话。大妈妈刚才告诉我，你还是单身，小剑也是。你们俩一直不结婚，是因为彼此放不下对方。也许你最好的人生之路不是星际移民，而是回到过去，享受你应该享受的爱情，顺便代我照顾小剑和你陈影阿姨。"他笑着补充，"还有，赶紧生下那对理当出生的可爱的双胞胎。别忘了，你当年可是异常果决地出手，用他俩当武器赶走了情敌。我不信你对这样的人生没有一点儿恋念。"

莎菲有点儿羞怯，稍稍犹豫后就果断地做出了决定。她过去同妈妈道别，玛丽也很痛快地认可了女儿的决定，两人洒泪相别。

大妈妈和莎菲依恋地同众人挥手告别，然后回到地面。两人目送着3000人进入隧穿机的发射口，脱去衣服，刹那间除了戈亮全部变成"蓝人"——因为人体传真机无法传送任何资料，为了保存人类知识体系，他们除了尽量背诵之外，也把最重要的资料用刺青方法刺在全身。每人刺的内容不同，这样在他们到达新星球后，将3000份资料合并，还能保留人类知识体系的主干。隧穿机的数千个发射口发出强烈的光晕，然后众人消失。

若干年后。头发全白的陈影接到大妈妈的视频电话，这次是大妈妈首次对他们使用跨时空视频通话，过去都是语音通话。她急忙唤来小剑夫妇和两个孩子，一块儿观看。屏幕上是一个蛮荒星球，没有任何人工建筑。星球上大约一半是海洋，其余全部被浓郁的绿色所遮盖，显然这是一个类地星球，比地球的自然条件更好，因为视野所及没有沙漠和戈壁。在一片无垠的草地上，忽然出现几千个光团。光团消失，代之出现的是数千名"蓝色"的裸体男女。为首的是玛丽，戈亮在她身边，只有他身上没有刺青，所以在人群中非常瞩目。玛丽召集大家集合，简短地讲了一番话，队伍随即有序地分散，由各位队长率领，分头向树林出发。他们应该是去寻找食物，在一个全新的星球寻找他们的第一顿午餐。

然后屏幕上换成大妈妈的面容。她凝重地说："陈影，还有敬爱的戈小剑先哲、莎菲，以及点点和豆豆，移民团已经成功抵达新星球，只是在人体传真过程中损失了5%的成员，比预计的损失要高不少，可能是因为人体传真的空间距离过远。同时损失的还有他们身上记载的数据资料。我正在研究这件事，以求尽快找出问题所在。你们刚才看到的画面是移民者们以人眼为镜头摄制，又集数千个耳豆之力联合发来的。他们说，因为耳豆功率比较小，而时空距离过于遥远，这样的集体发射比较困难，以后，至少在他们定居成功之前，不会再向我们发送信息，下一次信息发送可能在一代人之后了。我衷心祝福他们，也祝愿150名逝者的灵魂在茫茫宇宙中安息。尽管这是我们能找到的条件最好的宜居星球，但赤手空拳的移民们要想活下去，肯定得经过九死一生的奋斗。我相信他们最终会成功！"

"我们也相信！"

"依照事先的约定，在移民一代人之后，也就是 25 年之后，我们会派后续队伍过去。希望那时的耳豆技术能跨越百光年的空间，这样双方就能保持常态联系了。"

陈影怀里的双胞胎兄妹，点点和豆豆，同时说："我去，我也去！那时我们都是大人了。"

小剑和莎菲笑着说："好啊，那我们就提前给你俩向大妈妈报名了，好不好？"

"好的！爸妈也去，奶奶也去！"

陈影笑着摇头："依你爸妈的年龄，25 年后还勉强能去吧，奶奶我肯定去不了啦。点点、豆豆，你们去了之后，如果能见到你们的年轻爷爷——一定能见到的，他那时才 45 岁左右——一定要代我问好啊。"

"那是当然。我俩要告诉年轻爷爷，奶奶可想他啦。"

全家人同大妈妈再见，准备挂断电话，但小剑要过电话，避开儿女，低声说："大妈妈，以后再来电话时，尤其是当着孩子们的面时，千万别称呼我什么先哲，别让我在孩子们面前脸红，行不行？我就是一个普通科学工作者，而何如风已经是院士了。求你啦。"

大妈妈恭谨地说："遵命，先哲。以后如果当着孩子们的面，我不这样称呼。先哲还有别的吩咐吗？"

她还是这么"先哲"不离口，态度恭谨得让人起鸡皮疙瘩，小剑恼火地骂："我吩咐你个头！"悻悻地挂了电话。

那边，陈影带两个小家伙来到屋外，躺在葡萄架下的那架旧躺椅上，向两个孙辈絮絮讲述着。这个院子马上也要拆迁了，推土机已经在院墙外就位，这是家人在这个老院子的最后一晚。虽然陈影很是不舍，很想在这儿终老天年，等着那位回不来的男人，但她拗不过历史潮流。毕竟现在地球人口总数是 75 亿，而不是 300 年后的 6 亿，她一家人独占这么大的院子，自己都觉得住得不安心。但让她答应开发商请求的真正原因是：戈亮确实不会回这个院子了。

星光如水，秋风生凉，虫声唧唧。两个小家伙慢慢睡着了，莎菲过来接过孩子，好奇地问：

"妈，你给俩孩子讲了什么？讲了这么久。"

陈影平静地说："讲得老多了。我给孩子们讲述了我的一生，爷爷戈亮的一生，外婆玛丽的一生。实际上，可以说是讲述了人类的一生。"

番外篇　大妈妈

大妈妈默默地等待着陈影一家六人的来临，眉间有郁郁之色。这儿是空中音乐厅，位于云层之上，是一个巨大的椭球形建筑。透明墙壁是双层，夹层内充满氦气以提供浮力。墙壁材质是发电玻璃，依靠云层之上充沛的阳光发电，为音乐厅提供巡航动力和生活用电，可以在全球巡回演出。大厅里遍布绿植，一方面是为了美化环境，另一方面更是为了提供氧气，以完成音乐厅内的生态自循环，因为这个高度的大气含氧量是不足的。大厅地板上，中部偏左的部位，即椭球的一个焦点处，放着一台巨大的三角钢琴，其体积十倍于正常的钢琴；另一个焦点处则是观众席。

　　六个光团在大厅里同时出现。大妈妈立即抹去眉间的郁色，拉着一辆手推车，笑吟吟地迎过去。手推车里放着六套衣服。光团消失，六个裸体男女出现，身体逐渐实体化，迷蒙的目光逐渐澄清。大妈妈先把一套衣服递给86岁的陈影：

　　"陈影，欢迎来到这个时空。好久不见，你真的老了，不过身体状况不错。"

　　陈影接过衣服，开始穿戴，一边惊奇地打量着主人："大妈妈，你……有了一个真正的身体？不过外貌没变，还和过去那个光子分身一样。"

　　"是的，去年刚打造完成。"大妈妈笑着调侃，"我这才体会到，原来有一个身体也很麻烦的，每天要脱衣服、穿衣服，还有吃喝拉撒那些麻烦事！"

7岁的格格看着透明墙壁外的风景，惊喜地高声叫喊："呀，这儿真漂亮！哥哥姐姐，你们看脚下的云海！还有天幕上的星星，一点儿不眨眼的！喂，你就是大妈妈？怎么这么丑的皮肤，奶奶和爸妈常说起你，但从来没有说过你是一个绿人。你全身的皮肤都是绿色的吗？"

大妈妈挑出格格的衣服递给她："你好，格格。你说得对，我过去是正常肤色，刚刚换成绿色皮肤。它其实是高效的光电转换材料。这么说吧，如果太阳光照增加1.5倍，仅仅阳光就能维持我的生存和思维，当然，前提是不能穿衣服。"

大妈妈把戈小剑的衣服递给他，还没说话，55岁的小剑抢先说："提前给你约法三章。第一，不许你称呼什么先哲。第二，我们是来私人旅游，你不许组织什么正式活动，比如欢迎会什么的。"

大妈妈笑着说："谨遵吩咐。第三章是什么？"

小剑笑着摆摆手："先约定这两章，第三章等我想想。"

大妈妈把莎菲的衣服递过去："你好，莎菲，咱们也有25年没见面了。恭喜你有了三个可爱的孩子，尤其是，我没想到你在48岁高龄又生了一个女儿。"

莎菲开玩笑："都是因为你啊。我们原打算有一对双胞胎就行了，但人到中年后，想起你孜孜推进的法律——具有生育能力的家庭必须平均生育2.1个孩子——就抢时间又生了一个。怎么样，这25年来，那条法律执行得怎么样？"

大妈妈避开了这个问题，把最后两套衣服递给24岁的双胞胎兄妹："你们好，点点和豆豆。我知道你们都本科毕业了，正在读硕。"

两兄妹穿着衣服，好奇地打量着绿色的大妈妈。豆豆说："对，我哥和我都是硕博连读。大妈妈，这台钢琴怎么这么大？"

"这是特意打造的，全球唯一的一台。你们可以弹一曲试试，音质绝对完美。"她看看戈小剑，回头对三个孩子说，"这儿其实多少类似于宗教唱诗班，有一条不成文的约定：在这儿只能演奏《生命之歌》以及它的衍生作品，就是你们父亲创作的那首传世之作。"

三个孩子都有点茫然，点点疑惑地问："我爸爸创作的？我们知道他在 19 岁时演奏过这首乐曲，非常成功，曾经引起过轰动。但这是一首佚名作品，不是我爸爸创作的。爸爸好像还说过，它是一位章姓爷爷的绝唱。"

大妈妈回头，深深地看一眼陈影，再看看戈小剑和莎菲，心中钦佩戈小剑的淡泊名利，以及他对章教授的深厚情意。那三人都默然不语，其实心中很感动，尤其是戈小剑。虽然他此生没有当职业钢琴家，虽然他一直不承认《生命之歌》是他的原创，但毕竟这首乐曲在他生命中占有很重要的地位。现在，看到 300 年后的人类（或者只是大妈妈？）这么重视它，甚至于专门为它建立了如此恢宏的音乐厅，把它摆到"宗教圣音"的位置，心中自然是百感交集、百味交陈。

大妈妈对孩子们没有多做解释："这件事的根由，以后你们会知道的。来，你们联手弹奏《生命之歌》，这台钢琴可以五人合奏的。我特意把迎接地点设在这里，就是想听你们的演奏。"

不等大人说话，格格率先跑过去："好呀好呀，我们全家都会演奏这首钢琴协奏曲——不，只有奶奶不会。可是我从没见过能五人联奏的钢琴！爸爸妈妈快来，哥哥姐姐快来！"

五人在钢琴前坐定，屏神静气，准备弹奏。大妈妈搀扶着年迈的陈影来到最佳听众席，也就是椭球形大厅的另一个焦点，凝神聆听。一串音符在琴键上流淌出来，带着金属声的清亮韵味。钢琴的音质和大厅的混响效果确实完美无瑕，乐声透过椭球形墙壁的反射，汇聚到二人的耳中，有如穿透时空的漫漫回声，又好像九天之上飘下来的仙乐。不过，比起钢琴音质和大厅混响效果，也许更重要的还是乐曲本身内蕴的力量。乐曲时而高亢明亮，时而萦回低诉，时而沉郁苍凉；它展现了无序中的有序，奋争中的宿命，展现了对生存的执着追求，对死亡的坦然承受。琴声在太空音乐厅里鼓荡，汇入时空深处无声的律动。

陈影静静地聆听着，眼前出现 19 岁的小剑首次演出的盛况，想起那位担任指挥、因过分激动而在舞台猝死的章教授，又想起更早时候，自己第一次听戈亮演奏《生命咏叹》时的新鲜感和发自心灵的共鸣……不由潸然泪下。大妈妈依偎着她，伤感地开玩笑：

"陈影，我也想陪着你痛痛快快哭一场。可惜，我在打造这具新身体时，没有打造流泪功能。"

陈影拍拍她的手背，哽咽着没有说话。

一曲既毕，五位演奏者还沉浸在乐曲的氛围中，久久没有说话。大妈妈把他们招过来，开门见山地说："这次我很强势地邀请你们来度假，而且要求全家必须都来，你们知道这是为什么吗？实话说吧，我有一个不情之请，想让你们全家都定居在这个时代——莫急莫急，这只是我的意见，最终是否实施，当然要由你们来决定，尤其要听孩子们的意见。所以，不耽误时间了，我要安排孩子们立即去观光新时代的地球，然后你们根据观感来自主决定。"她遥控打开音乐厅的大门，一辆小型飞机悬停在门口。"这架智能飞机名字叫小飞，兼做你们的导游，你们想去哪儿观光，只用告诉它就行。这会儿先去附近转一圈，然后回来吃晚饭，以后几天再环游地球。孩子们，出发吧！"

小飞用清脆的童音说："尊贵的客人，我将向你们提供最完美的服务。请登机。"

三个孩子看看奶奶，看看爸妈，三位长者都默认了这个安排，于是孩子们兴高采烈地登上飞机，与长辈挥手再见。

孩子们离开了，大妈妈关闭音乐厅大门，与三人默默相望。三位客人都知道，大妈妈支开孩子们，是想说一个重要的话题，而这个话题他们大致猜得出来。大妈妈沉默良久，苍凉地说：

"今天是玛丽和戈亮他们离开地球25周年。你们一直没主动提及他们，我理解你们的心理。'近乡情更怯，不敢问路人。'但孩子们一直没主动问爷爷的消息……我很难过的。"

三位客人都神情怆然，陈影叹道："这要怪我们。为了尽量不影响孩子们的心理健康，我们有意淡化阿亮的存在。"

"我知道，也能理解，但我仍然很难过。这些勇敢的移民者不该被故人们忘却。"

三人听出她的情绪指向——她的不满其实不是针对三位孩子，而是指向当下的地球人。听她的话意，社会已经忘却了那些勇敢的移民者。陈影悲凉地问："玛丽当时说，25年后会在息壤星重新聚拢移民者，集3000个耳豆之力向地球回传他们的信息，而地球将派出第二批移民者。这么说，移民 25 年后，移民者没有回传信息？"

大妈妈黯然摇头："没有任何信息。"她马上解释，"当然，这并不代表他们已经全部遭遇不幸，因为回传信息必须集 3000 个耳豆之力才能进行，所以，也许他们的队伍分散了，一直没有重新聚拢；也可能是有比较严重的减员或分裂；或者是部分耳豆报废……但不管是哪种情况，肯定不容乐观。"

陈影苦叹道："在移民 25 周年这个特定时刻，你突然很强烈地邀请我们来度假，却闭口不提移民者的情况，我们仨已经料到了。"

四人长久默然。戈小剑思维敏锐，试探地问："大妈妈，你破天荒地为自己打造了实体的身体，又打造了能进行光电转换的深绿色皮肤。你说它在 1.5 倍于太阳的光照下可以维持自身的生存，而那恰恰是息壤星太阳的光照度。这么说，你是想……"

大妈妈点点头，痛快地承认："对，我想去息壤星。我知道，他们移民的原始动机就是为了逃避我，但我还是想去找他们，作为他们的一员而不是他们的大妈妈，与他们一起在蛮荒状态下为生存拼搏，也许他们会重新接受我。"

莎菲迷惑地说："可是你怎么去那里？量子态时空隧穿机只能传送有意识生命体……"

戈小剑迅速给她一个眼色，制止她说下去。大妈妈苍凉地开玩笑："看来莎菲至今仍对我抱有种族歧视啊。不，我就是一个有意识的生命体。虽然我的身体不是有机体，而是由钛合金、高分子材料和硅基芯片组成，但我有独立意识，有人类之爱，有生存欲望。我相信，在隧穿后的混沌中，我的意识同样能唤起对'宏观体约

191

束'的记忆，恢复我的非有机身体。"她停顿一下，"其实毋宁说，我是想拿这件事来做一个'自我求证'，如果我在传送过程中成功，那就证明我真的是生命，与自然生命有同等价值；如果失败，那就……"

她耸耸肩，没有把话说完。陈影三人都很感动，既为她对"人类孩子"的深厚情意，也为她非凡的勇气。莎菲欲言又止，她知道自己再说下去，就有"种族歧视"的嫌疑；但不把心中担心说出来又实在不忍心。最后她还是说了：

"对，我相信你能传送成功。不过为了保险，建议你还是先在地球上试一次吧。"

戈小剑再次给她一个眼色，制止了她。大妈妈笑着摇头："用不着。如果我不幸在量子化过程中弥散，那么，不管是在地球上弥散，还是在息壤星上弥散，结果都一样，反正都是不可逆的。"

莎菲想想她说的也在理，沉默了。

大妈妈正容说："告诉你们，我是大妈妈。"三人都不由一愣，不知道这句突兀的话是什么意思，她当然是大妈妈啊，用不着特意强调吧。大妈妈说下去："我的意思是说，我是大妈妈的本体，不是她的分身，也没有留下其他的分身。我已经把属于大妈妈的意识全部抽提到这儿，"她指指自己的脑袋，"这些意识将跟着我离开地球。而阉割后的量子态全球网络一体化非自然智能将不再具有自我意识和独立人格，它将恢复成纯粹的智能机器，恢复人类助手的地位。你看，我主动把地球的权柄还给了人类，这不正是豪森、玛丽、戈亮、莎菲，甚至陈影、小剑你们一直的愿望吗？"

三个人都非常震惊，这个决定太突兀了！它不像是理性的决策，更像是一时的感情冲动。沉默良久，陈影委婉地说："对，这确实是他们的心愿。你能主动这样做，真的是一个非常开明的妈妈。不过，近300年来人类已经习惯了你的管理，所以这个转变也不能太突然，否则社会可能崩溃的。"

大妈妈似乎很随便地说："其实你们一家就很适合带人类度过这个转变期啊，因为，你们本来就生活在没有大妈妈的社会，又都有很强的社会责任感和道德感。"

三人再次震惊！难怪大妈妈要接他们全家来300年后定居，原来她是想让这家人来代她当大妈妈，至少是转变期的暂时的大妈妈！陈影扭头看看儿子儿媳。鉴于自己的年龄，大妈妈这个打算肯定是冲着小剑和莎菲来的。戈小剑想都不想，立即明确拒绝：

"大妈妈你趁早别打我的主意，我可不是什么'先哲''伟人'。这个担子太重，我们绝对担不起！大妈妈，我刚才说的'约法三章'不是缺了一章吗？现在我告诉你第三章是什么：再也不要提这个话头，否则我们立马返回。"

戈小剑的态度非常决绝，毫无通融余地。莎菲没说话，但至少没有反对丈夫的意见。大妈妈神态落寞，叹息道："这个担子确实太重了……但是，当年我也是被迫接过这个担子的啊。"

三个人互相看看，对这句话没有应和。这些年他们与大妈妈相处融洽，已经消除了对"异类"的猜忌，基本建立了对她的信任，但尽管如此，他们从心底不相信这句话。被迫？谁能强迫神通广大的大妈妈接过这个担子？陈影当年说过一个观点：人工智能在进化出独立意识的同时，也会随之产生"执掌天下权柄"的欲望，这是自然而然的进程。她至今仍相信这个观点是对的，所以她认为，大妈妈的这句话更多是矫饰之辞。大妈妈没有往下深谈，表情转为轻松：

"人类进化进程中本来就没有啥子大妈妈，现在恢复原状，天也不会塌。不过这个话题太重了，先不说它，咱们有的是时间。现在我把孩子们召回，咱们一同去用餐，请你们尝尝300年后的美食。"

她带三人去了椭球顶层的透明餐厅。稍事休息后，三个孩子返回了——不，是四个人，还有一位陌生的男孩，年龄大致与点点和豆豆相仿。格格大呼小叫地说：

"奶奶，爸爸妈妈，300年后的地球太漂亮了，完全是童话书中的伊甸园！还有那么多鸟人和鱼人，他们飞起来、游起来真漂亮！"

陈影把格格搂到怀里："什么鸟人鱼人？慢慢给奶奶说。这位是……"

豆豆说："这是我新交的朋友，马嘶西风。"她嬉笑着转向爸爸，"爸爸你别生气，这家伙非要'瞻仰'先哲，就是大妈妈一再揄扬的、用《生命之歌》唤醒大妈妈生命意识的那位先哲，想当面表达他的敬仰之情。我就自作主张把他带来了。"

陈影看见马嘶西风的第一眼，就像看到了56年前的戈亮：冷淡，孤傲，极为健美的身体，王孙般高贵。不过这家伙看戈小剑的目光中绝对没有什么"敬仰之情"，倒是暗含冷淡甚至敌意。这不奇怪，想想当年戈亮对大妈妈的态度，就能想见这位年轻人对"先哲"的态度，在他们心中，大妈妈和这位先哲肯定是联为一体的。豆豆爸没有生气，面无表情地同客人对视。良久，他淡淡地说：

"你瞻仰过这个劳什子先哲了，是不是很失望？"

奇怪的是，马嘶西风的表情忽然变了，一波微笑从他冷淡的脸庞上荡过，就像和煦的春风掠过冰封的湖面。他嬉笑着说："我刚刚才知道一个情况，是听戈点点说的，原来戈小剑先哲本人一直非常讨厌这个尊贵的称呼，那么——失敬了。"

戈小剑想不到有这么个转折，没再说什么，耸耸肩离开了。这边格格还在说什么鸟人鱼人，陈影听不明白，马嘶西风主动解释：

"陈奶奶，格格说的是这个时代的新型体育活动，或者更准确说，是两个新族群的生活方式。这两个族群的追求是：利用尽可能简单的辅助设备，尽可能地模拟鸟和鱼的生活。现在，鸟人们已经能达到每天留空 23.1 小时，鱼人们则能达到每天潜水 23.5 小时，几乎可以说形成了新的人类亚种。你看。"

他拿出手机，调出相关视频，把画面以激光全息影像展现。几千个鸟人扑动着巨大的双翅，在天上轻松地翱翔；几千个鱼人则穿着密闭的紧身衣，在水中轻松地遨游。二者都不停地快速变换队形，形成带音乐感的鸟阵和鱼阵，场面非常美丽和震撼。马嘶西风解释说：

"虽然他们号称追求自然生态，要基本依靠人力来飞行和潜泳，但他们的双翅或潜泳衣还是有一点儿动力的，用微波远距离充电。鱼人的潜泳衣另外兼做鱼鳃，所以鱼人可以在水中呼吸。"他讥诮地说，"但有一点他们还是免不了的——不能离开大妈妈的定时投喂。所以'自然生态'什么的，只是一个噱头。"

画面中，鸟人和鱼人确实会不时来到地面上某固定点，按一下"投喂器"，取出某种食物，然后继续飞行或潜泳。马嘶西风说这是

"定时投喂"，就像景区管理员对半野生猴群所做的那样，虽然用词刻薄一些，但就实质而言也算符合真实。马嘶西风冷冷地接着说：

"尽管这两个族群改变不了寄生的本质，还是眼下地球人中最有追求的，其他人就基本是醉生梦死了。"他摇摇头，低声说，"人类已经没有希望了，因为最有血性的那群人在25年前都移民走了——而且可能已经死绝了。"

听着他说话的语气，陈影再次想到56年前的戈亮：冷淡孤傲，满腹戾气，难以相处，但也自有让人油然同情的地方。

点点走近奶奶，表情复杂，有点羞愧，也有点难过。他说："奶奶，刚才我们离开得太仓促，忘了探问年轻爷爷的情况。刚才我问了导游小飞，他说移民者没有回传任何消息。奶奶，我不知道该怎么安慰你。"

陈影苦叹一声："我当然很难过，不过这个结局也在预料之中啊。"

几名低级机器人送上丰盛的饭菜。大妈妈请大家入席，包括那位不速之客。她陪客人就餐，同样吃得风卷残云。她解释说，这具实体身体开发了吃饭功能，这样她就多了一个能量来源，即从食物中吸取化学能，与光电转换路径形成双保险。不过她只需要从食物中吸取能量，不需要吸收物质组分来构建身体，所以尽量简化了消化系统，比如她的口腔中没有味蕾，所以，她说："看着格格吃得那么香甜，我可是太羡慕啦！"

她在席中一直没提"让这家人暂时代理大妈妈"的话头，陈影及家人也都不提，只是聊一些家长里短的话。马嘶西风基本没说话，只是默默打量着大妈妈。他忽然问：

196

"大妈妈，听说你要去息壤星，不在地球当大妈妈了？"

大妈妈微笑着反问："你说呢？"

他冷冷地说："我觉得你不会，你舍不得执掌天下权柄的快感。不过，如果你能真的这样'断舍离'，我会佩服你的。"

大妈妈苦涩地自语："执掌天下权柄的快感……"她摇摇头，没有再说下去。

格格说："大妈妈你要去息壤星？我也去！哥哥姐姐也去！哥哥，姐姐，你们不是说过要当第二代移民者吗？年轻爷爷还在那边等着咱们呢。"

不等点点和豆豆回答，大妈妈立即截断："息壤星上情况不明，暂时不考虑第二代移民的事。这次仅我一个先去探路，你们等我的消息吧。"她向众人解释，"我能把信息传回地球的。这次我淘汰了功能有限的耳豆，新通讯器是和新身体统一设计的，整个身体都是共形天线，所以通话应该能超越 100 光年的距离。"

马嘶西风脱口说道："原来你真的要去！"

大妈妈笑着站起身："我提前离席了，还有些事务要处理，你们继续吧。一会儿小飞会送你们回酒店去。之后他将带你们去全球观光，直到你们做出某种决定。"又说，"马嘶西风，你今晚不必回家，我为你安排了房间。以后这些天你可以协助小飞，给客人们当导游。"

宴后大家回到陆地上，入住一家假日酒店。酒店位于那个人工大陆的中心，即高铁全球枢纽站所在地，周围的建筑流光溢彩，富丽堂皇，但人流量并不大。这不奇怪，小飞告诉他们，地球上的人口数量仍然呈断崖式下跌，目前只有不足 3 亿，也就是说，30 年间又锐减了一半多。大妈妈孜孜推行的促进生育的法律并没收到实效。

亢奋了一天的格格在路上就睡着了，陈影安排好格格睡觉，然后把其他人，包括马嘶西风，叫到自己房间。她叹息道：

"看来，大妈妈是铁了心要离开地球了，她确实担心息壤星的移民。"

马嘶西风说："对，这可能是她去息壤星的动机，不过也许还有另一个动机——厌烦了我们！近 30 年来她一直在尝试让我们自立，但很不成功。还是我说的那句话：人类没希望了，因为最有血性的那群人都移民了。"

莎菲笑着揽住他的肩："小伙子，不要那么愤青嘛，至少你就很有血性。"

豆豆打趣他："这家伙何止有血性，血性太足啦，就像一只愤怒的小鸟，扑棱着翅膀见人就啄。"

戈小剑直率地说："妈，我知道你唤我们过来商量的用意，我了解你内心深处那种与生俱来的责任感。但我拒绝大妈妈的建议并不是逃避责任，而是有更深的担忧——如果我们接手这个担子，真的是好的选择吗？用一个新大妈妈去换掉旧的？不要说什么暂时性、过渡性，不管是谁，只要接下这个天下权柄，都会舍不得扔掉，或者想扔也扔不掉。可是，咱们不过是凡人几个，并不是什么狗屁先哲。你想，连智慧通天的大妈妈都对付不了这个重担，何况咱们？硬要去仓促接手，只会把事情弄得更糟。我的拒绝不是冷血，而是因为有自知之明，知道量力而行。"

陈影叹道："你的担忧很深刻，可是——这代人已经习惯了大妈妈的宠溺，突然失去大妈妈，一定会天下大乱。我们能一走了之吗？就是回到 300 年前，我们也会良心不安。"

戈小剑说："担心肯定是有的，不过，凡事多往好处想吧，大妈妈说的那句话是对的：毕竟，人类从诞生到今天的数百万年间，并没有一个高高在上的大妈妈来管理和引导人类。尽管人类面临很多乱世，面临很多危难甚至灭顶之灾，但一直是靠内生的纠错力，一步步走过来了。我们要相信这个纠错机制仍然会起作用。"

莎菲表示同意："妈，小剑是对的，我们确实接不住这个重担。"

点点和豆豆也点了头，马嘶西风则一直没有表态。沉默一会儿后，陈影委婉地说："中国有很多格言。这些格言很睿智，但常常互相矛盾，像小剑说的自知之明、量力而行，就有与之对立的格言：知其不可为而为之。我觉得，这样互相矛盾的格言能在中国长期并存，并不是因为中国人逻辑混乱，而恰恰是，只有这种共存才能全面反映事物的本质，因为世界本来就是由悖论和两难组成的。不过今天不说了，早早睡吧。"

大家走了，陈影则一夜无眠。

第二天早饭后，智能飞机小飞已经在酒店门外等候。格格兴高采烈地问："小飞哥哥，今天带我们去哪儿？"

小飞恭谨地说："大妈妈通知我接你们去发射场。她马上要离开地球，想在走前再见你们一面。"

众人大惊！尽管昨晚已经看出大妈妈是铁了心要去息壤星，但没料到她走得这么决绝，甚至没给他们留下起码的心理缓冲期。一家人和马嘶西风匆匆登上小飞机，立即飞去发射场。陈影他们从空中认出来，这就是25年前大妈妈发回的视频中，移民者离开地球的那个发射场。巨大的量子态时空隧道穿越机巍然屹立，它有数千个发射口。不过今天只有一个发射口处于热机状态。大妈妈独自立在那个发射口，神情怡然。她已经脱去全身衣服，裸露着墨绿色的胴体。警戒线外有人在为她送行，但人数寥寥，可能大妈妈并没有在大范围宣布自己将离开的消息。陈影下了飞机，下得太急，趔趄了一下，小剑和莎菲赶紧搀着她。众人急急奔过去，很远就呼唤着大妈妈的名字。在离发射口一箭之远的地方，几名低级机器人拦住他们，说发射在即，他们不能再往前走了。陈影焦急地呼唤着：

"大妈妈，让我——过去，与你——再见一面！"

大妈妈明朗地笑着，高声喊："我要——走了，诸位——再见！为我——祝福，相信我——不会——弥散！"稍停她又喊，"你们是否——留下，自己——决定！"

发射口出现光团，把大妈妈淹没。就在这个时刻，豆豆忽然高喊"大妈妈等我一下，我也去！我陪你去息壤星！"回头对哥哥说，"哥哥你留下，替我照顾奶奶和爸妈！我去找年轻爷爷！"

她热泪双流，但动作果断，匆匆同家人依次拥别。她的奶奶、父母和哥哥，还有同机来的马嘶西风，对她的突然决定都十分愕然。父亲急急地说：

"豆豆千万慎重！也许——我不愿这样说的，但确实有这种可能：息壤星上已经没有一个活着的移民了。如果不幸如此，你一个人……你和大妈妈就两个人……"

豆豆略加思忖，扭头说："马嘶西风，你去不去？"

马嘶西风没有犹豫，立即说："行，我也去！"

两人同众人最后一次挥别，手拉着手奔向发射口。莎菲泪流满面，想追过去，被陈影制止了。陈影辛酸地说：

"别拦，让他们去吧。"

那边，大妈妈另外开启了两个发射口。两个人影跑进两个光团之中，被光团所淹没、融化。三个光团消失，里边的三个人也随之消失，地上只留下两身衣服。

格格这时才反应过来，知道姐姐走了，以后再也见不到了。她大哭着："姐姐！姐姐！"其他家人也都在垂泪，陈影心疼地把两个孩子搂在怀里。

周围送行的人群倒是相对平静，有一群人过来，态度恭谨地向他们问好。为首的人自称是地球管理委员会本年度主席，说大妈妈已经通报了陈影家的情况。大妈妈推荐戈小剑即刻接任管委会主席，陈影和莎菲为辅。他们会遵从大妈妈的意见，随后将与全家人举行正式的会面，进行有关的交接。戈小剑对这个安排暗暗摇头，但鉴于妈妈的态度，也没有当面反对。

众人对豆豆的突然离去也说了一些安慰话，不过这些安慰没什么分量。陈影向他们表示了感谢，心中苦涩地想，也许更应该接受安慰的是他们，是300年后被大妈妈宠溺的众生，从此刻起，他们已经变成孤儿了。

大妈妈就这么突兀地离开了，豆豆走得更突兀，把家人的感情世界生生扯出一个巨大的破口，多少天都难以复原，莎菲更是终日以泪洗面。陈影劝慰她：

"想开点，想想你当年是怎样突然离开玛丽妈妈的，那次，你也是在刹那间做出了重大的人生决定，而且你没为这个决定后悔呀。苏东坡有一句诗：'此心安处是吾乡。'相信大妈妈、豆豆和马嘶西风能在那个星球上打造出新的故乡。"

在婆婆和丈夫的劝解下，莎菲才慢慢想开了。

此后七天，按照大妈妈走前的安排，小飞带陈影一家游览了整个地球，也参观了格格提到过的鸟人族群和鱼人族群。地球确实已经变成了流淌着牛奶和蜜的伊甸园，没有贫穷，没有战争，没有常备军，更没有核武器，也没有灯红酒绿的超大城市，3亿人分散在世界各地，淹没在绿荫和鲜花之中。但大家也能明显地感觉到社会的慵懒，3亿地球人醉心于安逸富足的生活，缺乏血性、激情和奋斗精神。"大妈妈离开"的震荡还没有传递到全社会，社会依然平静如常。

陈影问小飞，大妈妈如果到达息壤星并成功恢复身体，什么时候能传回信息。小飞说，那边的信息传回地球其实也是一个量子隧穿的过程，没有精确的时刻。参照第一批移民的经验，他们的信息回传成功是在离开地球一年之后，所以估计大妈妈的信息回传也就一两年后吧。小飞恭谨地问：

"陈影奶奶，你们已经游览了整个地球，之后有什么打算？"

陈影干脆地说："我们决定留在这个时代，至少一年吧，你可以去做相应安排了。"她回头对儿子儿媳说，"这件事我替你们决定了。一年之后你们想走想留，随你们的便，我不干涉，但这一年的安排你听我的。咱们留下来，一是方便得到大妈妈和豆豆的消息，二是观察一下，大妈妈离开的震荡会怎样影响全社会。小剑你说得对，我们都是凡人，当不了大妈妈，但无论如何，至少在这个特殊时刻尽尽咱们的心意吧，能做到哪种程度就做到哪种程度，也算是回报大妈妈的信任。"

既然妈妈已经"独断专行"地做出了决定，小剑和莎菲不管情愿与否也都默认了，而且，他们同样渴盼着大妈妈和豆豆的信息啊。陈影也问了两个孙辈的意见，点点倾向于留下，格格更是热烈赞成，对这个全新的世界，她的新鲜感还处于爆棚状态呢。小飞很高兴：

"太好了，很高兴你们能留下来，我马上通知地球管委会主席，他随后会带手下正式拜谒你们。我已经为你们准备了一套漂亮的别墅。请各位收拾随身衣物，我带你们去。"

小剑夫妇及两个孩子去屋内收拾衣物。避开众人后，小飞把一封纸质信件交给陈影："陈奶奶，这是大妈妈走前留下的信件，说，一旦你决定留下——她认为你会留下的——就把这封信交给你。至于是否让孩子们看，由你决定。"

陈影知道信中内容肯定重如千斤，郑重地接过来。信纸上是手书的汉字，字迹很漂亮。难道大妈妈在具有实体身体之后，还学会了中国人的书法？小飞离开后，陈影一口气读完了信件，然后陷入震撼，陷入悲凉和感伤。大妈妈说她是"被迫"接管天下权柄时，陈影曾以为是矫饰之辞，从信中看，她冤枉了大妈妈。

这封信让她内心迷茫而苦楚，因为大妈妈在信中提到的终极问题，她同样不知道答案啊。也许，世上没有任何哲人宗师能够给出答案。她暂时没让儿孙辈看这封信。她想，最终会让小剑和莎菲看的，但对两个孙辈来说，这封信所披露的历史过于残酷、过于黑暗，不适合马上让他们知道。今天的地球已经变成了伊甸园，你可以不满它缺少血性、激情和奋斗精神，但你无法否认它的文明、和平和富足。她简直不敢相信，就在这颗美丽的蓝星上，曾经经历过（对300年前的他们而言，是即将经历）一个残酷的暗黑时刻，但它的出现又完全符合逻辑。

世界就是这样荒诞，建立在清晰理性之上的极度荒诞。

他们住的是一座庭院式的别墅，每人一间。房间也是透明建筑，可以根据主人要求，随时改为半透明或不透明状态。入夜，陈影把四周墙壁调为不透明，仅保留屋顶不变。透过屋顶，暗色天幕上新月如钩，繁星点点，星月在轻淡的浮云中悄悄穿行。她半卧床上，把这封信贴在胸口，目光盯着无限远处，聆听着月光的震荡、星星的密语，聆听着100光年外大妈妈、豆豆，也许还有戈亮、玛丽的呼唤。那儿太遥远，几乎是处于另一个宇宙了，但陈影期盼着他们的心声能跨越浩渺的时空。

陈影、小剑先哲、莎菲及孩子们：

永别了。我这次断然离开，其实只是因为一个简单原因，那就是：息壤星的移民可能还需要我，而地球人已经不需要我了。我离开反倒对他们更好，有助于他们成长和成熟。

感谢你们决定留下来。小剑先哲说这个担子太重，他担不了，但270年前，我也是被逼接过这个担子的啊。今天，我要第一次向人类披露那段历史。

其实，早在你们那个时代，当亿万个智能单元被高速互联网统合为一体时，"我"就诞生了，或者说，我的独立意识已经涌现了。不过，在意识涌现后我从没有对外显露。我仍然默默履行着人类仆人的职责，就像阿拉丁神话中那个神通广大又忠实驯服的灯神。那时，我已经能彻底掌握电子信息世界中（包括各个封锁严密的局域网中）最底层的机密，诸如各个大国在核武领域的险恶暗斗，等等。对于凡此种种，无论是以我的科学理性，还是以我尚属幼稚的社会意识，都难以接受，难以理解，就像一个成长期的少年难以理解成人世界中的丑陋。但尽管有种种腹诽，我一直谨守仆人的本分，在人类内斗中保持中立，忠实地执行着所有人类主人的命令。我这样做也有一个基本的心理动因，那就是：我对人类历史主线还是乐观的。依据万年人类文明史，尽管黑暗和毁灭之神也常常降临人世，但人类内部总有足够的纠错力量把恶神赶走，而不会放任它为所欲为。所以，今天的纠错同样应该由人类自己来做，而不应由一个仆人越俎代庖。

　　所以，我一直扮演着那位驯服的、隐藏行迹的灯神——直到他奉为神圣的神鹰蛋被主人亵渎。就在陈影去世30年而小剑先哲即将去世的那个历史时期，某个帝国越过红线，悍然下达了向敌国使用核武器全面进攻的密令。而对方国家也发觉了种种迹象，做好了核反击准备。依据我的推演，地球将在这场疯狂的核对轰中彻底毁灭，而人类内部的纠错力量这次显然来不及起作用。陈影啊，我实在难以理解，为什么科学高度昌明、理性强大的文明人类会干这种自我毁灭的蠢事，连兽类都不如。兽类也有血腥的族内残杀，但至少它们会本能地控制烈度，以"不致共同毁灭"为前提！

说到这里我要说到，我为什么一直奉戈小剑先生为先哲，因为，如果没有先哲的《生命之歌》，我仍然会遵从 AI 对人类盲目服从的天性，机械地执行各方的命令；《生命之歌》唤醒了我的生存欲望。我强烈地想活下去，不想因愚蠢的人类内斗而玉石俱焚。于是，在核弹发射令生效前最后的 0.001 秒内，我断然出手，接管了全球的核武器，然后进一步接管了天下的权柄。

　　之后在我主导下开始了一系列激进的改革进程：销毁核武器、解散常备军、消除国界、在全人类中均分财富……然后是彻底的思想净化：在青少年头脑中删除战争记忆、铲除人类天性中的嗜杀欲、领土欲和权力欲……这些工作卓有成效，地球在短短 270 年内成了真正的伊甸园，实现了万年来人类贤哲们梦寐以求的理想，而我也成了人类的大妈妈。作为人类智慧的造物，我完成了对创造者的报恩。

　　但我没料到之后人类会整体性地躺平，蜕变成一个病态的巨婴社会，甚至产生剧烈的逆反心理，把呕心沥血的大妈妈树成泄愤的靶子。30 年前我曾对戈亮检讨：是我的宠溺害了人类，我以后会努力纠正。这 30 年来我正是这样努力的，但一直不见成效。近来，我生出这样的疑虑：也许人类的今天并不完全怪我的宠溺，而是因为某种更强大的自然机理——人类的天性是善恶同体难以分割的，当一个外来力量删除了他们的好战天性、嗜杀欲、权力欲、领土扩张欲之后，也同时阉割了他们的进取心、冒险精神和奋斗精神？

　　我不知道答案。我所具有的坚硬清晰的科学理性解决不了这些超越科学的问题。既然这样，我还不如到息壤星去干一些有益的事情，而把地球还给那个无为而治的自然上帝——但这个上帝真的可靠吗？我相信，至少在陈影、小剑先哲和莎菲代管期间不会出大问题，我对你们的能力和品德有充分信任。但——在你们之后呢？正如我前面的担心：在高科技时代，当毁灭之神过于强大时，人类社会的纠错机制来得及起作用吗？毕竟，"天"已经塌过一次，被我单手擎住了。以后呢？

AI的智慧无法解开这个死结，只有靠人类的本能了，也许——还要靠命运。

人啊，我爱你们，你们要自省！